KB053203

가족, 내 삶의 울타리
행복한 습관이 행복을 만든다

행복한 습관이 행복을 만든다

초판 1쇄 발행 | 2019년 7월 5일

지은이 | 윤창영
펴낸이 | 공상숙
펴낸곳 | 마음세상

주 소 | 경기도 파주시 한빛로 70 515-501

출판등록 | 2011년 3월 7일 제406-2011-000024호

ISBN | 979-11-5636-347-7 (03810)

원고 투고 | maumsesang@nate.com

* 값 13,200원

* 마음세상은 삶의 감동을 이끌어내는 진솔한 책을 발간하고 있습니다. 참신한 원고가 준비되셨다면 망설이지 마시고 연락주세요.

이 도서의 국립중앙도서관 출판예정도서목록(CIP)은 서지정보유통지원시스템 홈페이지(http://seoji.nl.go.kr)와 국가자료종합목록 구축시스템(http://kolis-net.nl.go.kr)에서 이용하실 수 있습니다. (CIP제어번호 : CIP2019022141)

행복한 습관이 행복을 만든다

윤창영 지음

마음세상

대한민국에서 남자로 살아가기

대한민국에서 남자로 살아가기란 쉽지 않다. 먼저 남자가 살아가면서 지녀야 할 이름을 생각해보면 태어나면서 아들이라는 이름을 갖게 된다. 자라면서 소년, 청소년, 청년, 군인 등의 이름을 갖게 되며, 결혼하면서 남편, 가장, 아버지(아빠)의 이름을 갖게 되고, 그 이외에도 아저씨, 중년 남자, 할아버지 등 많은 이름을 갖게 된다. 무엇하나 만만한 이름이 없다.

더구나 나는 감성적이라는 말을 많이 들으며 살아왔다. 어릴 때부터 시를 썼기에 다른 사람보다 많이 감성적이었다. 감성이란 말은 이성에 비해 촉촉함이 깃들어져 있는 것을 의미하며, 다른 말로 하면 여리다는 말이다. 그렇기에 살아가는 과정에서 시행착오도 많이 겪었고 상처도 많이 입었다.

하지만 감성적이라는 것이 안 좋은 결과만 안겨준 것은 아니다. 그만큼 세상을 따뜻하게 살았음을 의미하기도 한다. 힘들 때도 있었지만 보람된 일도 많았다. 그중에 가장 가치 있는 의미를 부여하고 싶은 것은 가족이다. 감성적인 성격 탓에 가족에게 상처를 많이 주기도 했지만, 그 상처를 회복하기 위해 많이 노력하기도 했다. 그리고 지금 우리 가족은 많이 행복하다.

우리 가족은 88세 된 노모와 아내와 두 아들로 구성되어 있다. 이 책에서는 아들, 남편, 아빠의 이름을 가진 나와 우리 가족의 이야기를 만날 수 있다. 살아오면서 겪은 힘든 상황과 그럼에도 불구하고 가족을 사랑한 소중한 이야기를 담았다.

만약 이 글을 읽는 독자가 지금 힘든 상황에 부닥쳐 있다면, 그것이 끝이 아니고 그다음 단계가 행복이며, 그 시기가 반드시 찾아온다는 것을 믿기 바란다. 일상이 아무런 변화 없이 지루하여 불만이라면, 이 글을 읽으며 평범한 일상이 얼마나 소중한 것인지 새삼 느껴보기 바란다. 살아가는 일이란 만만한 일이 아니다. 나도 마찬가지였다. 숱한 시행착오를 겪으며 힘든 삶을 살았다. 그렇지만 힘든 삶이 끝이 아니었다. 참고 살아가니 행복한 날도 왔다.

제1장은 살아가면서 경험으로 터득한 행복을 '행복학 개론'이란 이름으로 담았다. 행복은 은행 잔고 숫자에 비례하는 것이 아니라, 자신이 가진 것에서 찾는 것이란 걸 말하고 싶었다. 제2장은 아내가 원하는 것 들어주기 프로젝트란 제목으로 아내가 원하는 것을 의도적으로 들어주는 내용을 적었다. 행복한 가정은 아내가 행복한 가정이다. 결국 내가 행복해지려면 아내를 행복하게 해주어야 한다는 말을 하고 싶었다. 제3장은 아내에게 고마운 마음을 담았다. 살아오면서 많은 시행착오를 겪으며 아내와 가정을 힘들게 했다. 묵묵히 참아 준 아내가 있었기에, 행복한 오늘을 가질 수 있었다. 우리나라의 많은 아내가 힘든 세월을 겪고 있다. 그런 희생이 있기에 남편이나 아이가 힘을 얻고 살아갈 수 있다. 이 시대의 남편은 아내에게 감사할 줄 알아야 한다. 그 감사는 결국 자신에게 힘이 되어 돌아온다. 제4장은 그렇게 해서 찾아온 행복을 적었다. 행복

은 미래형이 아니라 현재 진행형이 되어야 한다. 불행은 과거 완료형이 되어 끝나야 함은 물론이다. 제5장은 나의 아이와 함께 살아온 세월을 적었다. 아이는 하나님으로부터 받은 가장 고귀한 보물이다. 아이가 있었기에 내 인생은 진정한 가치를 지닐 수 있다. 제6장은 88세 된 노모와 함께 살아가는 삶을 적었다. 노모의 사랑은 로또보다 더 귀하다.

이 글을 읽고 이런 평범함을 행복이라 적었냐고 의문을 제기하는 독자도 있을 것이다. 그렇다. 행복은 특별한 것에서, 돈에서, 명예에서 오는 것이 아니라 지극히 평범한 삶에서 자신이 찾는 것이다. 내가 가진 것에서 찾는 것, 그것이 행복이다.

대한민국에서 남자로 살아가기란 쉽지 않다. 남자가 흔들리면 가정이 흔들린다. 남자가 굳건하게 서 있으면 설사 지진이 일어나 집이 무너진다 해도 가정은 무너지지 않는다. 힘든 만큼 살아가는 의미도 크다. 아들로, 남편으로, 아빠로 살아가면서 지칠 때도 있었지만 그래도 많이 행복했다. 그리고 앞으로도 행복하리라. 가족과 함께 행복하게 사는 삶. 그것이 성공한 삶이다.

들어가는 글_ 대한민국에서 남자로 살기 … 6

제1장 행복학개론

가족이 성공이다 … 12 행복의 씨앗은 아주 작다 … 16 숨이 죽어야 김치가 된다 인생도 그렇다 … 20 지금 행복하라 … 24 사랑에도 지혜가 필요하다 … 27 어차피 인생이란 꿈보다 해몽이다 … 31 행복은 은행 잔고 순이 아니잖아요 … 33 아내 얼굴은 행복의 거울이다 … 36 행복한 습관이 행복을 만든다 … 38 대화가 행복을 만든다 … 41 아내와 행복하게 사는 10가지 방법 … 44 세상에 당연한 것은 없다 … 49 아내가 웃어야 가정이 행복하다 … 51 남편은 아내의 장점 발견자가 되어야 한다 … 53

제2장 아내가 원하는 것 들어주기 프로젝트

아내와 바닷가 아침 데이트 … 61 서울 가서 형님을 만나다 … 64 인생 여물게 살아야 한다 … 71 남편은 무조건 아내 편이어야 한다 … 74 행복의 질량 … 76 알았어 나도 갈게 … 79

제3장 고마워요, 당신이 내 아내여서

아내가 재혼한 남자 … 83 부부 생활 공식 - 짜증 바이러스 예방주사 … 89 고양이와 커피와 토스트 … 92 부부 싸움은 절대 아이들 앞에서는 하지 마세요 … 95 앗! 아내가 '짜증주의보'를 발령했다 … 98 남편이 힘들 때 듣고 싶은 말 한마디 … 100 봄 여행 - 과거를 어루만지는 여행 … 103 당신은 어떻게 잔소리도 이렇게 지혜롭게 하지? … 111 고마워요 당신이 내 아내여서 … 115 꼼꼼이 아내와 대충이 남편 … 119 당신 탓이 아니야 … 122 화이트 데이 아침에 … 125

제4장 행복은 현재진행형

아내와 함께 간 봄 바다 … 128   봄날의 멋진 아침 … 133   콩나물집 며느리 … 139   가슴속의 보물함 … 142   자식의 뿌리는 부모의 마음에서 자란다 … 144   시어머니가 로또라고 말하는 며느리 … 146   가족은 번지점프의 생명줄과 같다 … 148   행복은 현재진행형 … 150   사랑하면 보여요 … 152

제5장 나의 보물, 나의 아이들

세상에서 가장 아름다운 벽지 … 155   어느 결혼기념일에 있었던 일 … 157   별처럼 빛나는 추억 만들기 … 160   아들을 키우는 즐거움 … 164   태풍에 휩쓸려 온 뱀 한 마리 … 167   코심이와 코돌이 … 169   큰아들 미대 보내기 … 171   아빠 자격증 … 175   벚꽃은 졌지만, 추억은 쌓이는 여행 … 178   아무것도 하지 마라 … 188   보호소에 유기견 맡긴 아들이 서럽게 운 이유 … 190   아들의 구두를 수선해 신었더니 … 193   아들에게 주는 인생 선배의 조언 … 195

제6장 내 인생의 로또, 울 엄마

유년의 바다 마을, 우가포 … 201   치매에 걸려도 자식만을 생각하는 어머니 … 206   손수레를 타신 어머니 … 211   어머니와 콩나물 … 214   노모가 하는 말의 색깔 … 216   어머니 장터, 구 역전 새벽시장 … 220   88세 노모가 건네는 용돈 6천 원을 받았습니다 … 223

마치는 글 … 226

제1장
행복학개론

가족이 성공이다

성공의 인식도 바뀌어야 한다. 높은 지위에 오르고 돈을 많이 버는 것이 일반적인 의미의 성공이라면, 이제는 가족이 행복한 것이 성공이어야 한다. 현대는 일이 우선인 사회이다. 일을 위해서라면 돈을 벌기 위해서라면, 가장이 가족을 위해 시간을 내지 못해도 이해해주어야 하는 것이 널리 퍼진 생각이다. 아빠가 아이와 약속을 하고도 회사 일이 바빠 약속을 지키지 못하는 경우가 많다. 그럴 때마다 엄마는 아이가 그런 상황을 이해하게 만드느라 곤욕을 치른다. 하지만 엄마의 설명이 아무리 그럴듯해도 아이는 고개를 끄덕이면서도 왜 그래야 하는지 진정 이해하지 못 하는 경우가 많다. 엄마가 설명해주는 아빠의 상황은 아이에게는 그저 막연할 뿐이고, 아빠가 오지 않는다는 사실에 상실감을 가질 뿐이다. 또한, 아내의 생일에 축하해주어야 할 남편은 일 때문에 회사에 있는 경우도 많다. 일일이 열거하지 않더라도 많은 직장인, 자영업자들이 일 때문에 가족이 뒷전인 상황을 겪곤 하는 것이 현실이다.

아이가 잠자고 있을 때 출근하여 아이가 잠자고 있을 때 퇴근하는 아빠도 많다. 또한, 주말부부인 경우에는 일주일에 한 번씩밖에 아이의 얼굴을 보지 못한다. 그러다 보니 아이가 성장하는 모습을 아빠는 잘 모르고 지나친다. 아이가 무엇을 좋아하는지, 친구는 누구인지, 어떤 재능을 가졌는지 잘 알지 못하게 된다. 알고 있더라도 구체적으로 알고 있는 것이 아니라 엄마보다 개괄적으로 알고 있을 뿐이다. 또한, 아이도 아빠를 잘 알지 못한다. 언제나 바쁜 아빠, 그리고 한 번씩 만나면 잔소리하는 아빠의 모습으로 아이의 기억에 남아있기도 한다.

"아빠, 또 놀러 와."

이런 광고를 본 적이 있다. 자식을 사랑하지 않는 아빠는 없다. 아빠라면 모두 자신의 아이가 예쁘고 사랑스럽다. 하지만 바쁘다는 핑계로, 돈을 벌어야 한다는 핑계로, 미래의 행복을 위한다는 핑계로 아이들 옆에서 함께 시간을 보내주지 못한다. 함께 사는 아빠이기보다는 어쩌다 마주치는 아빠로 인식이 되곤 한다. 그러다 보니 남자는 퇴직할 때쯤 되면 무엇을 위해 앞만 보고 살아왔는지 자괴감이 생기기도 한다. 아이와 시간을 함께하지 못하다 보니 다 자란 아이와 공감대를 형성하기도 어렵고, 서로 이해하기도 어렵게 되어 서먹한 관계가 되어버린다. 아이의 성장 과정의 각 시기에는 아빠의 역할이 필요할 때가 있다. 그런데 바쁜 아빠는 그것을 인지하지 못하고 지나쳐버린다. 인지하더라도 아이와 공감대가 형성되어있지 않으니 어떻게 해야 할지 모른다.

필자가 두고두고 후회하는 일이 하나 있다. 둘째 아이가 초등학교 다닐 때 이사를 해야 하는 경우가 생겼다. 그런데 아이에게 물어보지 않았다는 것이다. 아이는 이사하고 난 뒤에 친한 친구들과 헤어져 심한 좌절감을 겪었고, 새로 전학 간 학교에 적응하지 못해 오랫동안 힘들었다고 한다. 그런데 필자는 그것을 아이가 다 자라고 나서야 알게 되었다.

"그때 전학만 하지 않았더라면 얼마나 좋았을까 하고 한 번씩 생각하곤 해요."

아이가 그렇게 이야기했을 때 너무 미안했고 왜 그때 아이를 돌아보지 않았을까 생각하니 후회가 막심했다. 하지만 이제 돌이킬 수 없는 일이 되어버렸다. 아이가 처한 상황이 어떤지 생각하지 않았기에 그런 시행착오를 겪었다. 이 글을 읽는 사람이 아빠라면 이와 같은 시행착오를 겪지 말았으면 좋겠다.

미래의 행복을 위해 현재의 불편은 감수해야 한다고 많이 이야기한다. 하지만 세월호 참사를 겪으며 느낀 것이 지금 행복해야 한다는 것이다. 사람 일은 언제 어떻게 될지 모른다. 그런데 막연한 미래의 행복을 위해 현재를 가족과 함께 보내지 않는다면, 미래에도 행복하기 어렵다. 현재에 행복해야 미래의 행복도 기약할 수 있다. 당장 내일 가족 중에 누군가가 사고를 당할 수도 있기 때문이다.

남자는 성공하고 싶어 한다. 돈을 많이 벌고 싶고 높은 지위에 오르고 싶고 명예욕도 있다. 하지만 돈을 충분히 벌면서도 명예를 얻은, 흔히 우리가 성공했다고 일컫는 남자는 그리 많지 않은 것 같다. 가족은 뒷전인 채로 그리 아등바등하며 열심히 해도, 만족할 만큼의 돈을 벌지 못하는 것이 오늘 날, 대한민국 남자의 현주소이다. 또한, 돈은 아무리 많이 벌어도 모자란다. 어차피 충분히 돈을 벌지 못할 거면, 차라리 돈 버는 데 들이는 시간을 조금은 줄여, 가족과 행복하게 사는 것에 아등바등하게 시간을 투자하는 것이 더 낫지 않을까?

아들에게 이런 말을 한 적이 있다.

"아빠는 돈 버는 재주가 없다."

돈을 버는 것은 노력과 운과 실력과 여러 가지 요인이 복합적으로 따라주어야 한다. 하지만 자식을 사랑하는 것은 부모의 본능이다. 한국 남자는 그런 본능을 억누르고 돈을 벌기 위해 사활을 건다. 무언가 어색하다. 돈은 좀 적게 벌더라도 자식과 시간을 더 많이 보내는 것이 더 자연스러운 것이다.

"하지만 아빠는 너를 사랑한다."

최소한 내 아들은 돈을 많이 버는 시간 없는 아빠보다는 함께 있어 주고 자신을 사랑해주는 아빠를 더 원한다고 생각한다.

"무엇 때문에 그리 성공하려고 하는가?"

하고 물으면, 다 가족을 위해서란다. 세상을 살아가면서 두 마리 토끼를 다 잡기는 쉽지 않다. 성공도 하고 가족과 함께 하는 시간도 가진다면 얼마나 좋을까? 하지만 그것은 그리 쉽지가 않다. 그렇다면 가족이 행복한 것과 사회적인 성공, 둘 중에 선택하라고 한다면 무엇을 선택할 것인가?

성공하고 돈을 버는 목적은 가족과 행복하게 살기 위해서다. 그런데 가족은 뒷전이고 일에만 매달리는 것을 진정한 성공이라 말할 수 있을까? 그것은 주객이 전도된 상황이다. 마당에 있는 땅속에 물이 있어 땅만 파면 얼마든지 물을 얻을 수 있는데, 그것을 하지 않고 멀리 있는 강에 가서 물을 길어야 하므로 시간이 없다는 것과 무엇이 다른가.

돈을 많이 벌거나, 명예를 갖는 것도 중요하다. 하지만 더 우선해야 할 것은 가족의 행복이다. 성공은 일에 있는 것이 아니라, 가족이 행복한 것에 있다. 그러므로 이렇게 말하고 싶다.

"가족이 성공이다."

행복의 씨앗은 아주 작다

　결혼하자마자 분가하여 회사에 다니고 사업을 하다가 여의치 않아 살던 집을 팔고 2014년 3월에 복산동 어머니 집으로 들어왔다. 분가한 지 23년 만이었다. 그 당시 모든 여건은 최악이었다. 물질은 물론 정신까지 황폐했고, 가장이 휘청대니 가족들도 모두 힘들어했다. 무언가 방향이 잘못된 길을 가고 있는 것이 확실했다. 그 원인을 따지자면 수도 없이 많았다. 이런 최악의 상황을 변화시킬 계기가 필요했고, 그것을 난 어릴 때부터 살던 집에서 찾고 싶었다. 한 마디로 내 인생의 출발점에서 다시 시작하고 싶었다.

　복산동 집에는 텃밭이 있다. 어머니는 40여 년 전 이 집으로 이사 올 때부터 텃밭을 가꾸었고, 팔순이 넘은 연세에도 여전히 텃밭을 가꾸고 있었다. 하지만 노쇠한 몸이 되다 보니 좋아하는 텃밭 가꾸기가 힘이 들었고 나에게 도와달라고 했다. 씨앗을 심기 쉽게 밭을 뒤져놓으면 어머니는 여러 종류의 채소를 심고 가꾸었다. 그러다 보니 내 손으로 직접 텃밭에 무언가를 심고 길러보고 싶다는 마음이 생겼다.

얼었던 땅이 녹으며 부풀어 있었고, 무엇을 심고 길러본 경험이 없는 나는 모종가게에 가서 생명력이 강한 종자가 무엇인지를 물어보고는, 돼지감자 모종을 10뿌리 사서 심었다. 또한, 상추, 오이, 가지, 방울토마토 등의 씨도 뿌렸다. 그 땅을 뒤져 씨를 심는 것은, 내 삶에도 희망의 씨앗을 심는다는 상징적인 의미로 다가왔다.

어느 정도 시간이 흐르니 따뜻한 햇볕을 받은 땅이 상추 싹을 내었다. 처음으로 심은 씨앗이 싹을 틔운 것은 감동으로 다가왔다. 연두색 조그만 상추 싹은 겨울은 이제 끝이 났고 봄이 되었다고 말하고 있었다. 하루하루 텃밭으로 가서 싹들과 눈을 마주치니, 어제는 보지 못했던 오이 싹이 올라왔고, 가지, 방울토마토, 깻잎이 차례로 싹을 내기 시작했다. 아내를 불러 이런 경이로운 광경을 함께 보며 많은 이야기를 나누었다. 하지만 채소와 더불어 싹을 낸 것이 심지도 않은 잡초 싹이었다. 처음엔 잡초인지, 채소인지 구별이 되지 않았지만, 어머니는 일일이 가르쳐 주면서

"잡초는 빨리 뽑지 않으면, 나중에 감당이 안 된다. 그리고 잡초 때문에 채소들이 영양 공급을 받지 못해 잘 자라지 못한다."

라고 말하였다. 그래서 아내와 함께 잡초를 뽑았다. 하지만 날이 더 따뜻해질수록 잡초는 더욱 많이 퍼져 자랐다. 그 왕성한 생명력은 나중에 감당이 안 될 정도였다.

하루가 다르게 싹들은 쑥쑥 자랐다. 아침마다 텃밭에서 채소가 자라는 풍경은 내 가슴속에도 생명력이 솟아나게 했다. 그러던 어느 날 비가 오고 난 뒤 텃밭으로 나가니 상추가 눈에 띄게 커져 있었다. 비를 머금고 부드럽게 쑥 자란 것이다. 그 날 아침 상추로 쌈을 싸서 밥을 먹었다. '봄의 맛이 이런 맛이구나.'라는 생각이 들었다. 뒤이어 오이가 달리고 방울토마토가 달렸다. 열매를 맺기 시작한 것이다. 처음으로 열매를 맺은 기분을 기념하기 위해 사진을 찍어 페이

스북과 밴드에 올렸다. 텃밭의 채소는 다른 사람과 소통하게 하는 역할도 멋지게 해내었다. 채소 사진을 본 다른 사람도 자신의 텃밭에 대한 이야기를 해주기도 했고, 반면 텃밭이 없는 사람은 부러워하기도 하였다. 아무 생각 없이 시작한 텃밭 가꾸기는 특별한 경험으로 다가왔다.

계절이 바뀔 때마다 그 계절에 맞는 씨앗을 심고 가꾸었다. 대파와 양파, 겨울초 등. 텃밭의 생명력은 내 정신에도 활력을 불어넣었다. 최악의 상황에서 집으로 돌아온 성경의 탕아와 같은 나에게도 변화가 생기기 시작했다. 그렇게 끊을 수 없었던 술을 끊게 되었고 아내와의 관계도 회복되었으며, 아이와 소통도 가능해지기 시작했다. 무엇보다 하는 일마다 되지 않아 절망 속에 빠져있던 내 삶을 되돌아보기 시작한 것이다. 복산동 집으로 들어오면서 '원점에서 다시 시작하자.'라는 생각의 씨앗이 싹을 틔운 것이다. 삶이 엉망으로 변해버린 원인이 욕심 때문이었다는 걸 깨달았다. 텃밭의 채소는 절대 욕심을 부리지 않고 때가 되니 싹을 내고 열매를 내었다. 다 때가 있는데 욕심이 앞서 그 때를 기다리지 못하고 조급하게 행동하여 일을 그르친 것이라는 걸 깨닫게 되었다.

욕심을 내려놓으니 인생이 즐거워졌다. 절대 행복은 욕심에서 올 수 없다는 것을 깨달았기에 작은 것에서 의미를 찾고자 하였다. 텃밭 가꾸는 것도 작은 것이지만 즐거웠고, 봄이 되면 아내와 쑥을 캐러 다니며 대화를 나누는 것도 의미 깊었다. 일을 마치면 저녁에 카페에 가서 글을 썼다. 과거를 반성하며 새로운 희망을 품는 시간은 무엇과도 비할 바 없는 큰 즐거움이었고, 나를 긍정적인 삶의 방향으로 이끌어주었다. 이러한 변화는 가족에게도 많은 영향을 미쳤다.

어머니가 변화된 내 모습을 보고 너무 행복해했다. 효도는 꼭 돈을 많이 벌어야 할 수 있는 일이 아니라는 것을 느끼게 해주었다.

"옥동 거지도 당신보다는 나아."

라는 말을 했던 아내도

"아이고 세상에, 당신이 이렇게 멋진 남자였어?"

라는 말을 하곤 한다.

"엄마, 아빠는 왜 맨날 싸우기만 해!"

라고 했던 첫째는

"우리 가족은 너무 자랑스러워."

라는 말을 하곤 한다. 또한, 나의 술 마시는 모습을 어릴 때부터 보아왔던 둘째도 술을 많이 마셨다. 하지만 내가 술을 끊으니 둘째도 자연스럽게 술을 끊었다. 가족의 지지는 더욱 나에게 힘이 되었고 세상을 긍정적으로 바라보게 해주었다. 또한, '부정적 생각은 조금도 하지 말자.'라는 다짐을 하게 했다.

긍정적으로 세상을 보기 시작하니 작은 재미를 찾는 것도 습관이 되었다. 거울을 보고 웃는 표정 짓는 연습을 하여, 찡그린 얼굴을 폈다. 텃밭에다 연못도 하나 만들어 금붕어와 잉어도 넣어 기르고 있고, 큰 고무통에 수련과 미꾸라지를 넣어 기르고도 있다. 혼자 카페에 가서 글을 적는 시간을 가졌는데, 이제 일주일에 한 번씩은 아내와 함께 바닷가 카페에 가서 대화를 나누면서 글을 쓰는 시간을 갖는다.

예전이나 지금이나 경제적으로 나아진 것은 별로 없다. 하지만 생활은 너무 많은 변화를 가져왔다. 돈이 꼭 행복을 주는 것이 아니며, 행복은 찾으려 노력만 하면 얼마든지 가지게 된다는 것을 느끼게 되었다.

지금은 계절이 겨울이라 텃밭은 텅 비어있다. 하지만 머지않아 봄의 햇살이 초록으로 가득 색칠할 것임을 알고 있다. 작은 것에서 소중한 것을 발견하게 해준 텃밭. 텃밭 가꾸기를 하며, 내 삶을 가꾸는 방법을 터득하게 되었고, 원점에서 다시 출발하고자 했던 내 생각의 씨앗은 작지만 탐스러운 열매를 맺게 되었다.

숨이 죽어야 김치가 된다
인생도 그렇다

"배추의 꽃은 김치다."

크리스마스이브 새벽 여섯 시, 늦은 김장을 위해 배추를 사러 갔다. 다른 사람은 벌써 김장을 끝낸 시점이지만 아내와 나는 둘 다 일을 하는 관계로 일정을 맞출 수 없어 차일피일 미루었다. 그러다 성탄절 연휴를 맞아 김장을 하기로 했다. 고추를 싣고 가서 고춧가루를 만들었고, 4만 원을 주고 배추 스물두 포기를 사서 차에 싣고 왔다. 마당에 배추를 풀어놓자 푸른 배추의 싱싱한 기운이 눈을 시원하게 했다.

거친 잎사귀를 뜯어내고 배추를 자르니, 푸른 잎사귀 속에 든 노란 달이 반달이 되었다. 그 반달을 또 잘라 네 개의 달 조각으로 만들었다. 배추를 다 다듬고는 아내를 깨웠다. 아내에게 수고한 것에 대해 칭찬을 들으려고 새벽부터 서둘렀는데, 아내는 일어나자마자 타박을 했다.

"왜, 네 등분했어? 이등분만 하지."

'이건 뭐야?' 욱하는 기분이 들었지만, 아침부터 다투기 싫어 참았다. 마당에서 2층 세면실까지 다듬은 배추포기를 옮기고는 둘이 앉아 배추를 절이기 시작했다. 먼저 미지근한 물을 큰 대야에 받고는 소금을 풀었다. 그리고 그 속에다 배추를 담갔다.

"배추가 숨이 죽어야 부드럽게 되어 양념 바르기도 좋고, 나중에 김치 맛도 좋아."

배춧속 결결이 소금을 넣으며 아내가 말했다. 그 말에 '숨이 죽어야 맛있는 김치가 되는구나.'라는 생각이 들었다.

김치를 절이는데 창밖에는 겨울비가 내렸다. 배추는 소금을 치고 어느 정도 시간이 지나야 숨이 죽기 때문에, 배추가 절여질 동안 나머지 김장 재료를 산 후 비 내리는 겨울 바다에 가기로 의기투합했다. 먼저 시장에 가서 북어 대가리, 마늘, 새우젓, 생강, 멸치액젓, 쪽파, 갓, 무 등을 샀다. 김치를 담그는 데는 무척 많은 재료가 서로 어우러져야 하며, 그런 의미에서 김치는 종합예술이라는 생각이 들었다. 시장 아케이드에 떨어지는 빗소리는 청아한 음악으로 다가왔다. 시장에 가면 항상 빠지지 않는 것이 어묵을 먹는 것. 바람이 불어 떨기도 하면서 어묵을 먹고 국물을 마셨다. 그러고는 시장 본 김치 재료를 트렁크에 가득 싣고 바로 바다로 갔다.

비 내리는 겨울 바다는 한 폭의 그림이었다. 비에 젖은 바다가 추위에 몸을 움찔 떨자 약한 파도가 하얗게 거품을 물었다. 포구와 자그만 집을 지나 주전 해안가에 닿았다. 주전에는 카페가 많다. 줄줄이 이어진 카페 끝에는 천막 카페가 하나 있고 그곳에 내려 커피를 마시기로 했다. 천막에 들어가니 중앙에 난로가 있어 따뜻했다. 아내는 바닐라 라떼, 난 아메리카노를 마시며 별 것 아닌 일로 또 작은 말다툼이 있었다. 하지만 배추를 절이면서 '숨이 죽어야 맛있는 김치가 된다.'라는 말이 생각나 그냥 웃고 넘어갔다.

주전에서 돌아온 아내는 사서 온 온갖 재료를 넣고 끓여 육수를 만들었고, 난 잠시 휴식을 취했다. 저녁 무렵, 육수도 알맞게 끓어 스테인리스 스틸 그릇에 담아 식혔고 배추도 어느 정도 절인 것 같아 소금기를 빼기 위해 큰 대야에 물을 담고 배추 씻기를 반복했다. 그러다 보니 큰 대야에는 떨어져 나온 작은 배추 조각이 떠다녔고 그것을 건져내기 위해 컴퓨터를 하고 있던 아들에게 스텐으로 된 소쿠리를 가져오라고 이야기했다. 그런데 컴퓨터에 정신이 팔려있던 아들은 스텐만 들었던지 육수가 담긴 스텐 그릇에서 육수를 다 부어버리고 빈 그릇을 가져왔다. 화장실에서 배추를 씻고 있던 아내와 나는 순식간 깜짝 놀라 싱크대로 뛰어갔다. 아니나 다를까 아침부터 설쳐서 산 재료로 만든 육수는 벌써 싱크대 배수구로 빠져나가고 없었다. 허탈함이 극에 달아올라 속이 부글부글 끓었다. 아들은 아들대로 너무 미안해했고 아들에게 퍼부을 기세인 아내에게 참으라 하고, 나도 현관으로 나가서 찬바람을 들이키며 가슴을 진정시켰다. '숨을 죽여야 한다. 그래야 김치가 된다.'를 생각하며. 돌아와서 아이에게 말하였다.

"괜찮다. 사람은 누구나 실수를 할 수 있다. 단지 엄마와 의사소통이 되지 않았을 뿐이다. 이 정도 일에 기죽지 마라. 살다 보면 이것보다 더 한 일도 많이 부딪힌다. 수습 가능한 실수는 얼마나 다행한 실수냐. 오늘은 크리스마스이브다. 예수님은 자신의 피로 세상 사람의 모든 죄를 용서했지 않느냐. 그때 넌 이미 이 작은 실수도 용서를 받은 거다."

김치가 되기 위해 숨을 죽여 부드럽게 된 배추처럼, 내 혈기를 죽여 부드럽게 아들을 대했다. 아들은 너무 미안해했지만 이미 엎질러진 물이었다. 나는 가끔 가족에게 이런 말을 하곤 했다.

"돌이킬 수 없으면 인정하자. 이미 지난 것은 돌이킬 수 없고, 돌이킬 수 없는 것에 화를 내고 후회를 해봐야 아무 소용이 없다. 운전할 때 뒤를 보면서 앞으로 나아갈 수는 없다. 앞으로가 중요하다."

남은 재료를 가지고 다시 육수를 만들었고 배추에 양념 치대는 것을 하루 연장하는 것으로 수습이 되었다. 그리고 크리스마스인 오늘 아침 아내와 김치 만들기를 완성했다. 배추가 김치가 되기까지 숨을 죽여야 했듯, 나도 김치가 되기 위해 숨을 죽였다. 그 숨을 죽인 덕분으로 배추는 김치가 되었고, 우리 가족은 평화로운 크리스마스를 맞이할 수 있었다. 만든 김치를 보니 너무 행복했다. 그리고 양념에 치대진 김치를 보니 꼭 배추에 꽃이 핀 것 같았다. 행복이 꽃으로 핀.

지금 행복하라

"황금빛 햇살이 눈부신 봄날 아침입니다. 너무 눈부셔서 당신 생각이 났어요. 그래서 전화했어요."

신혼 어느 봄날 아침에 회사에서 일하고 있는데, 아내가 전화를 걸어 나에게 한 말이다. 눈부시게 화창한 봄날 아침이었고, 아내의 뱃속에는 첫째 아이가 들어있었다. 신혼 시절 우리가 살았던 집은 태화강변 옆이었다. 비록 전셋집에 살아도 부러울 것이 없는 날들이었다.

"빗소리가 너무 좋아요. 그래서 전화했어요. 당신 비 좋아하잖아요."

신혼집에는 플라스틱으로 달아낸 지붕이 있었고 비가 내리면 그 소리는 실로폰을 두드리는 것처럼 울려, 마치 음악처럼 들렸다. 그 소리를 들으며 아내는 내 생각을 했고 일하는 내게 전화를 걸어주었다. 김용택의 '달이 떴다고 전화를 주시다니요.'의 시처럼 아내는 햇살이 곱다고, 비가 내린다고 전화를 해주었다. 지나보니 그때가 참 행복했던 시기였다는 생각을 한다. 하지만 그 당시에는 현실적인 문제가 있었고, 그 문제로 하여 행복함만을 느낀 것은 아니었다. 세월이 많이 흐른 지금 그때의 현실적인 문제가 무엇이었는지 생각도 나지 않는다. 그런데 그 문제로 마냥 행복을 즐기지 못한 것이, 지나서 생각해보니 많이 아쉽다.

세상 일이 그런 것 같다. 행복하면 그냥 그 행복을 느끼면 되고 즐기면 되는데, 꼭 행복하지 않은 이유를 생각해서 불안해한다. 지나버리면 생각도 나지 않을 그런 문제로. 나이가 드니 여유가 생겨서 그런지는 모르겠으나, 행복하면 그냥 행복만 생각하면 되는 것 같다. 세상살이가 문제가 없을 때가 어디 있으랴? 찾아보면 끝이 없고, 문제가 아닌 것도 문제라고 생각하면 문제가 된다. 행복할 때 행복을 느끼지 못하고 현실적인 문제를 고민한다면 언제 행복하게 살아갈 것인가? 나중에 있을 문제를 앞당겨서 행복한 감정을 깨는 것은 살아보니 미련한 일이더라. 그것이 걱정이다. 일어나지도 않을 불행한 일을 걱정하는 것은 미련한 일이라는 것을 살아보니 알겠더라.

"요즈음 이렇게 행복해도 되는 거야?"

"요즈음처럼만 행복했으면 더 바랄 것이 없겠다."

아내는 간혹 이런 말을 하곤 한다. 그러면 나는

"무슨 소리야 이제 행복하기 시작인데, 앞으로 생각지도 못하게 더 행복해질 거야. 기대해."

한 세대를 30년으로 잡는다면, 결혼한 지 한 세대가 흐를 정도의 시간이 지났다. 현재 우리 부부는 신혼이 아니다. 신혼 때의 그 황금 햇살은 없고 정오의 뜨거움도 지났고, 황혼을 앞둔 시간만이 우리 앞에 놓여 있다. 하지만 지금은 신혼 때처럼 행복하다. 아니, 그때보다 느끼는 행복의 농도는 더 짙다. 하루하루가 행복하다. 왜냐하면, 매일 매일 행복한 이유를 찾기 때문이다. 지금도 문제가 없는 것은 아니다. 어쩌면 신혼 때보다 더 큰 문제가 눈앞에 있다. 하지만 지금 행복한 이유는 그 문제를 문제로 보지 않기 때문이다.

문제를 문제로 보지 않으면 그 문제는 더 이상 문제가 되지 않는다. 어떤 가정이든 문제가 없는 집은 없다. 문제가 있다고 불행하다면 세상에 행복한 집이 어디 있으랴. 자신의 발 등에 떨어진 불에 의한 고통이 다른 사람이 입은 전신 화상의 고통보다 더 큰 법이다. 자신의 문제가 가장 큰 문제라는 이야기다. 그처럼 나에게도 문제가 있다. 하지만 그것을 문제로 보지 않기에 행복해질 수 있게 되는 것이다. 문제를 회피하는 것이 아니다. 회피한다고 문제가 없어지지 않는다는 걸 알고 있다. 내가 행복한 이유는 현실에서 문제를 찾는 눈이 아니라 행복한 이유를 발견하는 눈을 갖게 되었기 때문이다.

평범한 사람이 평범하게 살아가는 것은 평범하다. 나도 평범하게 살아간다. 그런데도 다른 평범한 사람보다 더 행복하다고 생각하는 것은, 그 평범함 속에서 행복한 이유를 찾기 때문이다. 미리 행복하지 않을 때를 걱정할 필요가 없다. 문제가 표면화되었을 때 그때 해결 방법을 찾으면 되고, 해결되었을 때는 더 농도 짙은 행복감을 맛볼 수 있다. 문제가 해결되지 않는다면, 그것은 나로서도 어쩔 수 없는 내 능력 밖의 일이기 때문에 할 수 없는 일이다. 그렇게 생각하면 삶의 문제가 내 행복을 뺏어갈 수 없게 된다.

"장래의 행복을 위해서 지금 고통은 감수하자."

이런 말을 종종 듣는다. 틀린 말은 아니다. 하지만 장래의 행복을 위해서 지금 불행하다면 과연 장래에 바라던 행복이 와줄까? 올지도, 안 올지도 모르는 불확실한 행복을 위해 지금 고통을 감수한다는 것에 동의할 수 없다. 왜냐면 행복은 습관이며, 행복한 습관이 장래의 행복을 가져다주기 때문이다. 그래서 난 이런 말을 하고 싶다.

"지금 행복하라."

사랑에도 지혜가 필요하다

행복하게 살기 위해 결혼을 한다. 하지만 많은 부부가 이혼하고, 별거하며, 함께 살더라도 쇼윈도 부부로 살고 있다. 또한, 요즈음은 '휴혼'이라는 말이 생겨날 정도로 행복하지 못한 삶을 사는 사람이 아주 많다. 그 원인은 수도 없이 많을 것이다. 그렇지만 행복한 부부도 많다. 서로를 아껴주며, 배려하며 산다. 사랑하는 것에도 지혜가 필요하다. 왜냐하면 사랑은 이성보다는 감성에 그 뿌리를 두고 있기 때문이다. 하지만 감성에만 너무 의존하다 보면 사랑이 깨어지기 쉽다. 감성에 이성의 영역인 지혜가 포함되어야 행복한 사랑이 된다.

아기는 본능으로 행동한다. 자라면서 부모의 교육과 친구와의 관계와 학교생활을 통해 본능을 조절하는 방법을 배우게 된다. 그러면서 어느 정도 자신만의 감정의 모양을 가진다. 똑같은 환경에서 자라나는 사람은 없으며, 같은 부모에서 성장한 형제라 할지라도 감성은 다르다.

결혼이란 다른 감성과 감성이 만나 이루어진다. 그렇기에 다르다는 것을 인정해야 한다. 다른 감성과 다른 감성이 만나는 것이 결혼이며, 결혼 생활은 끊임없이 다름을 맞추어가는 과정이라 할 수 있다. 그것은 서로를 알아가는 과정이다. 서로를 안다는 것은 역지사지하며 배려하는 것이 되어야 한다. 살아가면서 상대가 부족한 점이 보이면 지적을 하기 보단 보완을 해주어야 한다. 그래야 결혼이 가지는 진정한 하나라는 의미를 달성할 수 있다. 원과 원이 만나면 결코 하나가 되지 못한다. 부족한 점을 채워주는 톱니바퀴 형태라야 하나로 결합할 수 있다. 다름은 틀림이 아니라 차이이다. 다름은 비난할 대상이 아니라 채워야 할 대상이다. 그것이 상대를 위한 배려이다.

많은 불행의 시작은 나와 맞지 않는 것을 배우자에게 바꾸기를 강요하는 데서부터 출발한다. 행복하게 살고자 한다면, 상대방의 단점은 장점이 될 기회로 활용해야 한다. 단점을 비난한다고 해서 그 단점이 절대 고쳐지지 않는다. 그 단점을 고칠 수 있게 도와주든가, 아니면 자신이 상대방의 단점을 보완해 장점으로 만들면 된다.

아내는 잔소리가 심했다. 말이 많은 여자라고 생각했다. 99개를 잘하고 말 많은 그 한 가지 때문에 잘한 것이 소용없어진다고 생각했다. 한 마디로 아내의 제일 큰 단점이 말이 많은 것으로 생각했다. 그에 비교해 나는 말이 별로 없는 편이다. 말주변도 없을 뿐만 아니라 논리적인 말도 잘 못 한다. 아내는 쉴 새 없이 말하고 나는 듣기만 했다. 듣다 보면 짜증이 났다. 언제부턴가 아내가 말을 하려 하면 자리를 피했다. 자연스럽게 소통이 되지 않았다. 부부생활에서 소통이란 아주 중요하다. 소통은 사랑의 혈관이다. 소통이 단절되면 사랑도 단절된다. 아내보고 바꾸기를 요구했다. 잔소리 좀 그만하라고.

"이혼하자. 지금까지 당신 잔소리 들으며 살아왔는데, 아직 남은 내 인생을 당신 잔소리 들으며 살아간다고 생각하니 너무 끔찍해."

이 정도로 아내의 잔소리에 대해 스트레스를 받았다. 아내는 절대 바뀌지 않았다. 그러던 어느 순간 '아내가 바뀌지 않는다면 나를 바꾸자'라는 생각이 들었다. 그리고 아내의 말을 마음을 열고 들어보기로 했다. 처음에는 잘 안 되었지만 인내를 가지고 들어주었다. 그러자 아내의 말이 재미있어지기 시작했다. 단점이라고 생각했던 아내의 말 많음이, 어릴 때 옛날이야기를 들었을 때처럼 재미있어진 것이다. 아내를 배려해준다고 해서 시작한 아내 말 들어주기는 결국 나를 위한 것이 되었다. 배려는 상대를 위한 것이기도 하지만 결국은 나에게 도움이 되는 윈-윈 게임이라는 것을 깨달았다. 이런 일을 겪으면서 상대방을 바꾸라고 할 것이 아니라 상대방에게 맞게 나를 바꾼다면 단점은 장점이 된다는 것도 알았다.

글쓰기를 하면서 아내의 말은 소재 창고와도 같았다. 아내의 말을 받아쓰기만 하면 그대로 글이 되었다. 요즈음처럼 아내의 말 많음이 고맙게 느껴진 적은 없었다. 그래서 일부러 아내에게 말을 들으려 먼저 말을 건다. 예전에는 도대체 상상조차 할 수 없었던 일이다.

"사람 일은 어떻게 될지 아무도 모른다."

라고 어머니는 말을 하곤 했다. 그 말이 하나도 틀리지 않음을 절감했다. 아내 말을 듣는 시간이 이렇게 즐거워지다니, 정말 사람 일은 아무도 모르는 것이 맞는 것 같다. 내가 이렇게 바뀐 것에 대해 아내는 너무 행복해 한다. 그렇게 듣기 싫었던 잔소리에 대해 내가 마음을 여니 그렇게 재미있는 이야기가 된 것이다. 아내가 어제 어떤 모임에서 모인 사람 앞에서 이렇게 말을 했다고 한다.

"난 지금 행복해, 지금 죽어도 여한이 없어."

이렇게 말해주는 아내가 있다는 사실은 남편에게는 얼마나 큰 행복인가! 단지 아내의 말을 들어주었을 뿐인데, 아내는 죽어도 여한이 없을 정도로 행복해하는 것이다. 이성이라는 것은 감성에 대비되어 곧잘 사용된다. 그것도 인간의 특성의 하나이기 때문이다. 이성이 인간의 특성으로 자리매김한 것에는 다 이유가 있을 것이다. 지혜는 이성의 영역이다. 그렇기에 사랑에도 지혜가 필요하다. 상대방의 다른 점을 인정하고 그에 맞추는 노력, 그것이 사랑의 지혜이다.

사랑도 현명하게 해야 한다. 감정에만 사랑을 맡기는 것은 사랑을 방치하는 것과 같다. 방치된 사랑이 행복을 줄 수 없다. 먼저 다름에 대해 어떻게 대처하고 있는지부터 살펴보자. 그리고 상대를 바꾸려 하지 말고 나를 바꾸는 방법을 생각해보자.

"사랑에도 지혜가 필요하다."

어차피 인생이란 꿈보다 해몽이다

어느 텔레비전 프로그램에서 한 출연자는 암 판정을 받고 시골로 내려와 생활하던 중 유기견을 키우게 되었는데 암이 다 나았다고 했다. 인간은 사랑을 주는 존재이며, 또한 사랑을 받는 존재이다. 사랑을 주는 것만으로도 때로는 몸의 변화를 일으켜 암세포도 죽게 만드는 놀라운 치유의 효과를 발휘한다. 사랑을 원하는 것은 비단 인간만이 아니다. 그 주인공은 "개들 사이에도 서로 사랑을 받으려 하고, 질투하여 서로 물어뜯기도 합니다." 라는 말을 하였다. 개나 사람이나 사랑받고 싶어 하는 것은 매한가지라는 것을 느꼈다. 우리 집에 키우는 개와 고양이도 자신이 사랑받고 있음을 잘 알고 있는 것 같다. 그들은 자신을 우리의 가족이라고 인식하고 있고 아내를 엄마처럼 따른다. 심지어 애견 '축복'이는 아내가 없으면 밥도 먹지 않을 정도이다. 그만큼 사랑이 동물이나 사람에게 없어선 안 될 행복의 근본이다.

사람이나 동물이나 밥만 먹고 살 수 없다. 먹지 않으면 허기가 지는 것처럼 사랑받지 않으면 외로워진다. 사랑을 받으면 행복감을 느낀다는 것은 누구나 알고 있다. 하지만 받기만 하고 베풀지 않으면 사랑도 비만해져 뚱뚱한 모습이 된다. 뚱뚱하면 병이 생긴다. 그 병도 외로움이다. 외로움은 사랑을 받지 못해서 생긴 병이기도 하지만 주지 못해 생기기도 한다. 사랑받고 사랑을 베푸는 것이 원활해야 건강한 사랑이 된다. 그래야 행복한 삶이 된다.

"사랑 받지 못하는데, 어떻게 사랑을 주느냐? 가진 것이 있어야 남에게 베풀 것이 아니냐?"

라고 말하는 사람이 있을 것이다. 그런 사람에게는 이런 말을 해주고 싶다.

"자신을 사랑하라. 그래도 사랑은 충만할 수 있다."

아내는 가끔 이런 말을 한다.

"지금 행복한데 이 행복이 깨어지면 어떻게 할지 걱정이 드네요."

그러면 나는

" '걱정도 사서 한다'란 말이 있지요. 여기서 '사서' 란 말을 생각해봐요. 우리가 무엇을 '살' 때는 돈이 들어가요. 당신이 걱정하는 만큼 나중에 비용을 치러야 합니다. 그러니 괜한 걱정은 하지 말아요. 일어나지도 않은 일을 미리 걱정하면, 그것이 곧 불행의 씨앗이 될 수도 있어요. 행복한 생각을 해야 행복의 씨앗이 심어집니다."

"콩 심은 데 콩 나고, 팥 심은 데 팥 난다."

걱정의 씨앗을 심으면 걱정이 달리고, 행복의 씨앗을 심으면 행복이 꽃 핀다. 인간극장 주인공은 지금 행복하다고 했다. 그러면 행복한 것이 된다. 만약 지금 불행하다고 생각하는 사람이 있다면, 행복하다고 생각을 바꾸어보기 바란다. 그러면 분명 행복한 삶으로 바뀐다.

"어차피 인생이란 꿈보다 해몽이다."

행복은 은행 잔고 순이 아니잖아요

토요일은 낭만 부부로 살아가는 날이다. 약간 흐릿한 날. 논술 수업을 하는 아내를 ○○ 초등학교로 태워주고 조금 떨어진 곳에 있는 매곡 도서관에 가서 글을 썼다. 인터넷 작가 사이트 브런치에 올린 글이 조회 수가 급격하게 증가하고 있어 기분이 좋았다. 이제 시작한 지 보름밖에 되지 않았는데, 오늘로 누적 조회 수가 27만 회가 넘어갈 것 같다. 내친김에 100만 조회 수 돌파라는 목표를 세웠다. 글을 쓰면서 조회 수를 점검하는 것이 하나의 큰 즐거움이 되고 있다. 12시 30분에 태우러 오라는 아내의 문자를 보고 12시 10분경에 출발하여, 아내를 태웠다. 토요일엔 아내와 거의 매주, 정자 바닷가 카페에 가서 커피를 마시며 글을 쓰고 대화를 하곤 했는데, 봄이라 그런지 분위기를 바꾸어보고 싶은 생각이 들었다. 오늘 날씨는 전형적인 봄 날씨로 햇빛이 아주 부드러웠다. 가슴 속의 설렘 세포들을 자극하기에 충분했다.

"오늘은 경주로 가는 것이 어때요?"

라고 제안을 하자, 아내는 아주 좋아하였고 경주로 출발했다. 차를 타고 가는 중에 아내의 지인이 공예 전시회를 한다는 말을 꺼냈다.

"○○ 집사님이 갤러리에서 전시회를 한데요. 그분은 플루트도 잘 불고, 공예도 잘하고, 퀼트도 잘하고 머리가 아주 좋은 것 같아요. 정말 부럽네요."

"맞아요. 하지만 머리가 좋은 것도 있지만, 그보다는 노력한 결과라고 생각해요. 학습하느냐 마느냐의 문제이고 당신도 노력하면 충분히 잘 할 수 있어요."

"그럴까요?"

당연히 할 수 있다는 말을 해주고는 문득 새롭게 페이스북 친구가 된 분이 울산대학교 교육대학원 상담 전공을 한 것이 생각나서 말했다.

"당신 상담 공부하고 싶다고 했죠? 울산대학교 대학원에도 상담이 있는 것 같은데, 한번 알아보면 어떨까요?"

"아! 그래요? 잘됐네요. 한번 알아볼게요."

이런저런 이야기를 하는 중에 차는 통일전 앞 '진수미가'란 한식 뷔페에 도착했다. 이곳은 가성비가 아주 좋다. 점심을 맛있게 먹고 난 후, 둘 다 아침 일찍 일어났기에 낮잠 잘 곳을 물색하였고, 근처에 있는 경주 수목원으로 향했다. 수목원은 꽃이 피기엔 아직 이른 것 같은 생각이 들어 주차장 나무 그늘이 있는 곳에 차를 세워두고 낮잠을 자려고 하는데, 아내가

"재벌이 안 부럽다."

라는 말을 하였다. 이것은 돈이 주지 못하는 행복이다. 1시간 가량 낮잠을 달게 자고 그다음으로 향한 곳이 황리단길이다. 텔레비전 프로그램인 '알뜰신잡' 촬영지여서 그런지 사람으로 엄청나게 붐볐다. 방송의 위력을 절감했다. 아내의 말로는 피자집이든 맥줏집이든 촬영한 곳은 모두 대박이 났다고 한다. 아쉬웠던 점은 엄청 사람이 많이 붐볐지만 좁은 길로 차가 다니고 있었고, 교

통정리하는 사람들이 보이지 않은 점이다. 사고 난 뒤에 난리 칠 게 아니라 사전에 예방하는 것이 관광도시 경주의 위상에 걸맞은 행정이 아닐까?

아내가 자꾸 나를 이끌고 갔다. 어디로 가는지 궁금했는데 가서 보니 큰아들 성원이가 디자인한 로고가 보였다. 감초당 한의원이었는데, 창문과 벤치에 아들이 만든 로고가 새겨져 있어 무척 반가웠다. 그곳에서 아내와 사진을 찍고 근처 골목으로 들어갔는데, 그곳에도 주말이라 그런지 사람으로 넘쳤다. 아내의 설명으로는 이곳도 '알뜰신잡'을 촬영한 곳이라고 했다.

그곳을 빠져나와 지금은 '알뜰신잡'을 촬영한 황남관이 운영하는 '캐슬 엔 비' 카페에서 글을 쓴다. 사방이 탁 트여 전망이 아주 좋다. 멀리 왕릉도 보이고, 키가 큰 나무도 보인다.

글을 쓰는 이 순간이 너무 소중하다. 오늘 있었던 일을 아내도 글로 쓴다. 읽어보니 나와 같은 경험을 했지만, 글은 완전히 다르다. 문체도 다르고 내용도 다르고, 느낌도 다르다. 하지만 함께한 추억은 나와 아내의 가슴 속 보물 상자에 또 하나의 보물로 간직되리다. 그런 보석 같은 하루였다. 이 글을 읽는 독자에게 권하고 싶다. 일주일에 하루쯤은 부부 둘만의 시간을 가져보라는 것을. 집에서는 추억이 될 만한 일이 쉽게 생기지 않는다. 일단 소중한 사람과 무조건 밖으로 나가야 한다. 그러면 그 시간은 보물이 된다.

행복은 돈을 은행에 넣어둔다고 오지 않는다. 돈은 숫자에 불과하다. 그리고 은행은 가슴속에 있는 것이 아니라 가슴 밖에 있다. 진정한 행복은 가슴속에 있는 보물 상자에 얼마나 많은 보물을 간직하고 있느냐에 달렸다. 오늘처럼 소중한 사람과 보낸 추억이 보물이 되는 것이고, 그 보물은 죽을 때까지 가슴 속에서 빛을 발하리라.

"그 빛이 행복의 빛이다."

아내의 얼굴은 행복의 거울이다

"행복은 남편 하기 나름." 아내의 얼굴은 행복의 거울이다. 아내가 행복하지 못하면 남편은 결코 행복해질 수 없다. 남편이 행복해지려면 먼저 아내를 행복하게 만들어야 한다. 그래야 남편도 행복해진다. 사람 마음속엔 누구나 천사와 악마가 있다. 그 둘은 항상 싸우고 있다. 남편인 당신은 누구 편을 들어주어야 행복해질 것인가? 당신은 천사와 살 것인가? 아니면 악마와 살 것인가? 그것은 당신 선택에 달려있다. 당신이 천사와 살고 싶으면 아내를 행복하게 해주라. 아내가 행복하면 아내 마음속에 든 천사가 악마와 싸워 이겨 얼굴에 나타난다. 그것이 아내의 행복한 얼굴이다. 그런 아내의 행복한 얼굴은 당신 마음속에서 악마와 싸우고 있는 천사를 지원해줄 것이다. 그러면 당신의 천사도 악마와 싸워 이길 수 있다. 그러면 당신도 행복해진다. 그러면 당신 부부는 행복한 천사 부부로 살아갈 수 있다.

예전에 아내는 자신을 불행한 아내라고 생각했다. 그 원인이 내가 술을 마시는 것 때문이었다. 난 알코올 중독에 빠져 매일 술을 마셨다. 아내가 나에게 하는 이야기는 무조건 잔소리로 받아들이고, 말 한마디만 해도 듣지 않고 문을 박차고 나갔다. 그러니 아내가 어찌 행복할 수가 있었겠는가? 아내는 내가 술을 끊는 것을 원했지만, 난 술을 끊지 않는 남편으로 25년을 보냈다. 그 세월 동안 아내는 결코 행복할 수 없었다. 아내가 행복하지 않으니 아이들도 행복하지 않았고, 나도 행복하지 않았다. 취하면 기분이 좋아져 술을 마시지만, 술이 깨면 더한 좌절감이 찾아들었다. 술을 마시고 취해서 얻은 좋은 기분은 결코 지속적인 행복일 수 없었다. 그랬기에 시간이 가면 갈수록 더 불행의 늪 속으로 빠져들게 했다. 우리 부부는 행복해질 수 없었다.

요즈음 아내는 자신을 행복한 아내라고 생각한다. 아내는 내가 술을 끊기를 간절히 원했고, 나는 아내가 원했던 것을 들어주어 술을 끊었기 때문이다. 아내가 원하는 것을 해주니 당연히 아내는 행복해했다. 그러니 나도 덩달아 행복해졌고, 아이들도 행복해졌다. 이제 술을 끊은 지 4년이 되었다. 그 4년은 지난 30년에 느꼈던 행복의 총량보다 몇 배나 더 많다고 생각한다. 아내가 행복하니 나를 지지해주었다. 살아오면서 항상 글을 쓰고 싶었다. 아내는 내가 글을 쓸 수 있도록 환경을 만들어 주었다. 경제적인 문제나 집안의 문제나 이런 것에 주의를 흩트리지 않고 오직 글에만 매달릴 수 있도록 만들어 주었다. 예전에도 글은 쓰고 싶었지만 하지 못했다. 그것은 아내가 행복하지 못했기 때문에 내가 글을 쓸 수 있는 환경을 만들어주지 못했기 때문이다. 그런 정신적인 여력이 없었기 때문이다. 글을 쓰는 지금은 행복하다. 행복하니 행복한 글이 나온다. 과거의 불행했던 기억조차 행복한 기억으로 다가온다. 아내를 행복하게 해주니, 아내는 내가 준 것의 몇 배의 배려와 사랑을 주었다. 그래서 남편이 행복해지려면 먼저 아내를 행복하게 해주어야 된다는 생각을 하게 되었다. 그것은 아내가 원하는 것을 들어주는 것에서부터 출발한다.

"요즈음 행복하다. 왜냐하면 아내가 웃기 때문이다. 아내는 내 행복의 거울이기에."

행복한 습관이 행복을 만든다

아내와 내가 겪은 경험 위주로 글을 쓰면서 어떻게 살아가는 것이 행복한 모습인가를 보여주려 하였다. 책을 쓰면서 느낀 점은 행복은 큰 것이 아니라는 것이다. 살아가면서 생기는 작은 공감들이 모여 행복한 삶을 만든다는 것이다. 행복해지려면 행복한 습관을 기르는 것이 중요하다. 행복이 습관이 되면 과거의 불행한 습관은 잊어버린다. 어떻게 사는 것이 행복하게 사는 것이라는 것을 깨닫게 되면, 자연스레 과거의 습관을 잊어버려, 특별한 불상사가 생기지 않는 한은 그 행복을 유지할 수 있게 된다.

연애했던지, 선을 봤던지 서로가 끌리는 것이 있어서, 그것이 인연으로 발전해서 결혼하게 되었으리라. 결혼하는 순간 둘이, 둘이 아닌 것이 된다. 상대방의 가족과 연결이 되고, 자식을 낳으면서 부모가 된다. 살아가면서 많은 문제에 부딪히게 되고 그것이 서로에게 상처가 되어 돌이킬 수 없는 상태가 되기도 한다. 그러기 전에, 돌이킬 수 없는 상황에 이르기 전에 수습하여야 하고, 어디서부터 잘못인지를 되돌아보아야 한다.

산다는 것은 칼을 갈아서 서로의 가슴에 꽂는 것이 목적이 아니라는 것을 깨달아야 한다. 누구도 상처를 주기 위해 결혼하지 않는다. 결혼식장에서 떨리는 마음으로 서약을 하고 행복하게 살기를 원한다. 우리도 그랬다. 하지만 너무나 많은 상처를 입었고, 상처를 주었다. 그것은 자기를 이기지 못한 혈기에서 비롯된 경우가 많았다. 그 혈기를 다스리지 못한 것이 결국 문제가 되었다.

"그건 당신 문제야."

자신의 잘못이라고는 추호도 생각하지 않고 서로를 탓했다. 그러다 보니 상처만 깊어갔다. 배우자가 무척 싫은 부분이 있을 것이다. 그 싫은 부분이 배우자의 잘못이라는 생각만 했지 내 행동의 결과라고는 생각하지 않았다. 이 글을 읽는 사람이 결혼을 한 사람이라면 배우자의 그런 싫은 부분이 혹시나 내 탓에 기인한 것이 아닌지를 돌아보기를 바란다.

가족사진을 찍으러 간 적이 있다. 카메라 기사가 웃는 표정을 지으라고 했다. 그러자 가족들이 서로를 돌아보며

"당신 좀 웃어. 성원아, 성호야 좀 웃어."

라는 말을 하였다. 그러자 사진사가 웃으면서 말했다.

"자기만 웃으면 됩니다. 그러면 다 웃게 되지요."

그 말이 정말 맞는 말이라고 생각했다. 배우자에게 잘하라고 소리칠 것이 아니라, 자기만 잘하면 된다는 사실을 깨닫게 되었다. 그때는 이와 같은 깊은 생각을 하지 못했지만, 살아오면서 아내에게 좀 잘하라는 말을 할 때마다 사진사의 그 말이 생각났다. 그러고는 아내에게 요구하기 전에 '내만 잘하면 아내도 잘하겠구나.'라는 생각을 하였다. 행복도 그런 것 같다.

"당신 때문에 나 불행해, 당신이 이렇게 이렇게 해주면 난 행복해질 것 같아."

라고 말하기 전에 먼저 자신이 잘해야 한다. 자신이 잘하면 처음에는 배우자도 기존의 태도를 유지하다가도, 어느 정도 시간이 흐르면 그 태도가 바뀌게 되는 것이다. 그러한 것이 지속하면 행복의 습관이 된다. 이 글에는 많은 행복의 이야기가 나온다. 그만큼 우리 부부는 행복하다. 행복은 사람마다, 가정마다 다른 것이라 비교할 수 있는 것이 아니다. 단지 당사자의 느낌으로 그 행복 여부가 결정된다. 그런데 우리 부부는 매일 행복하다는 말을 입에 달고 산다. 그렇기에 행복한 것이 분명하다.

글을 읽다 보면 이런 것도 행복하다고 글을 썼는가 하는 의문이 생길 수도 있을 것이다. 어떻게 생각하면 별 것 아니라고 느끼는 것, 그것에서조차 우리는 행복을 발견한다. 그렇다. 행복은 별 것 아닌 아주 작은 것에서 찾는 것이다. 별것 아닌 작은 것조차도 행복한데, 별것이 되는 것들은 얼마나 행복할까?

우리 가족은 88살 된 노모와 나와 아내 그리고 두 아들이다. 그리고 애견 축복이와 길고양이 출신 새벽이가 있다. 집은 2층 주택이고 마당이 있고 텃밭이 있다. 텃밭에는 계절에 맞게 채소를 심는다. 내가 파놓은 작은 연못이 있고, 그 속에는 잉어와 금붕어 수련이 산다. 마당에는 큰 고무 항아리에 수련과 미꾸라지가 산다. 특별할 것이 없는 집이지만 그 속에서 우리는 특별한 행복 속에 살아간다. 살다 보니 재미있는 일이 너무 많다. 하지만 이렇게 행복을 가꾸며 산 것은 얼마 되지 않는다. 나는 알코올 중독에 빠졌고, 아내는 잔소리 대마왕이었다. 가족 모두는 서로를 탓하며 불행하다고 생각했던 그런 사람들이 살았던 집이었다. 그런데 이 집에는 예전에 없었던 웃음소리와 재미와 행복이 넘쳐난다. 무엇이 바뀌어서 이럴까?

"단지, 생각이 바뀌었을 뿐이다."

대화가 행복을 만든다

　매주 토요일은 바닷가 카페에 아내와 함께 가서 데이트하는 날로 정했다. 특별한 일이 없으면 가능한 한 지키려 한다. 작년 10월부터 가기 시작했으니, 벌써 6개월째 접어들었다. 아내와는 대화를 많이 한다. 매일 아침, 매일 저녁, 전화로, 문자로. 그것도 모자라 매주 하루는 아내와 함께 분위기 있는 카페에 간다.

　카페에 가서 못다 한 대화를 나누고, 난 글을 쓰고 아내는 세금 영수증 정리, 다음 주 수업준비 등을 하고 책도 읽는다. 그런 아내는 애인이자, 동반자이자, 상담자이자, 친구이다. 세상을 살아가면서 그런 사람이 내 옆에 있다는 것이 정말 감사하다.

　대화가 없는 부부가 많다는 말을 종종 듣곤 한다. 우리 부부도 이렇게 생활한 지가 그리 오래되지 않는다. 예전에는 아내의 말은 무조건 잔소리로 여겨

귀를 닫았다. 입만 열면 지적을 했다. 돈이 없어 걱정하고, 아이의 바르지 않은 행동을 푸념하고, 나의 술 먹는 것, 담배 피우는 것, 그뿐만 아니라 다른 남편과 비교를 하여 내 자존심을 구겼다. 그러다 보니 자연스레 아내를 피하게 되었다. 새벽에 일찍 일어나 아내가 잠자리에서 일어나기 전에 집을 나갔고, 저녁에는 술에 취해 집에 오자마자 잠이 들었다. 그런 생활을 참 오래 했다. 그러다 보니 아내는 아내대로 불만이 가득 쌓였고, 나는 나대로 불만이었다.

이것은 사람 사는 일이 못 되었다. 부부 사이가 좋지 않으니 아이들도 나를 술만 먹는 아빠, 아내를 잔소리만 하는 엄마로 인식을 하였다. 그런 아이들이 바른 행동을 하기 만무했다. 한 마디로 콩가루 집안이었다. 노모는 걱정을 많이 했고, 나의 형제들도 손가락질했다. 말만 안 했지 우리를 알고 있는 많은 사람이 우리 부부를 걱정하기도 하고 비판했으리라.

"넌 시집을 잘못 갔어."

처가에서 처형들이 했던 말이다. 매일 술만 먹고 가족을 돌보지 않은 남편에 대한 불만을, 처형들에게 전화로 하소연했다. 그랬으니 아내는 당연히 시집을 잘못 간 불쌍한 동생이 되어버렸다.

"영이가 돈을 벌어주는데 네가 다 써버려서 살림이 어렵게 되었어. 모든 것이 네 탓이야."

어머니가 아내를 나무라며 하는 말이었다.

"우리 집은 휴가 나올 때마다 조용한 적이 없어."

큰아들이 군대에서 휴가 나올 때마다 한 말이다.

그랬던 우리 집이 어느 순간부터 변하기 시작했다. 아내와 대화가 되기 시작하고 나서부터이다. 이렇게 된 것에는 여러 가지 요인이 있었다. 내가 술을 끊은 이유가 가장 컸겠지만, 아내가 잔소리를 줄인 요인도 크다. 그러다 보니 서로 대화가 되었다. 죽기보다 싫었던 아내의 잔소리가 언제부턴가 재미있어졌다. 아내가 그렇게 말을 재미있게 하는 사람인 줄 몰랐다. 그동안 아내는 말을 하고 싶어 얼마나 답답했을까? 요즈음 글을 쓰고 있는데, 아내의 말은 곧 글의 주제가 되고 소재가 되었다. 아내와 말을 하고 나면 글 쓸 거리가 생겼다. 그래서 일부러 아내에게 말을 시킨다. 그러면 아내는 신나서 이야기한다. 또한, 아내의 이야기를 듣는 나는 너무 재미가 있다. 그러다 보니 아침, 저녁으로 이야기를 하고도 모자라 일주일에 하루를 정해 바닷가 카페에 가서 이야기하는 날을 따로 만드는 상황까지 된 것이다.

주변의 인식도 크게 바뀌었다.

"아빠 같은 사람 없어." 큰아들과 작은아들이 이구동성으로 하는 말이다.

"윤 서방이 정말 대단해." 처형들이 하는 말이다.

"이모부와 밥 같이 먹고 싶어." 처가 조카들이 하는 말이다.

"당신이 이렇게 멋진 사람이었어." 아내가 한 말이다.

"우리 영이 요즈음 너무 잘한다." 노모의 말이다.

아내와 말이 통하니, 세상이 달라졌다. 예전보다 돈을 더 많이 벌지 못한다. 그러니 경제적으로 더 나아진 것이 없다. 아이들 걱정도 별로 하지 않는다.

"부모가 굳건하게 서 있는데, 아이들이 무엇을 보고 배우겠어."

오늘 아침 우리 부부가 한 말이다. 대화가 된다는 것은 서로 마음을 열 때 가능하다. 서로를 배려하고, 서로를 걱정하고, 관심을 가질 때 소통의 문이 열린다. 그것은 돈이 많다고 되는 것이 아니다. 그렇다고 돈이 없다고 되는 것도 아니다. 즉 돈의 문제가 아니라 서로 이해하고 사랑하는 마음의 문제다.

봄이다. 이 봄에는 얼마나 화사한 꽃이 우리 마음의 뜰에 피어날 것인가?

이야기꽃이 만발할 것인가? 기대된다.

아내와 행복하게 사는 10가지 방법

사랑이 모든 것을 해결해주지 않는다. 살아가다 보면 현실이라는 벽이 사랑을 막을 수도 있고, 때로는 사소한 것들이 서로를 맥 빠지게 만들기도 한다. 아내와 행복하게 살려면 좀 현명해져야 한다. 무조건 자신의 감정대로 한다면, 우선은 편할 수 있으나 궁극적으로는 편한 것이 편한 것이 아닌 게 되어버린다. 행복하게 살기 위해서는 아내가 원하는 바를 들어주어야 한다. 인생은 어차피 주고받는 것이며, 그것은 부부 생활에도 마찬가지로 적용된다. 어차피 목적이 아내와 행복하게 사는 것이라면, 감정적으로, 습관적으로 대하는 것보다는 지혜로운 대응이 필요하다. 다른 여자와 살아보지 않아서 잘은 모르겠지만 내 경험에 준해서 이야기하면 다음 몇 가지로 생각해 볼 수 있다. 물론 이 이야기가 너무 일반적이라 알고 있는 사실일 수도 있다. 알고 있다면 고개를 끄덕이면 되고 모르는 사람이라면, 이 글을 읽고 실천해 보라. 아내와 더욱 행복하게 살 수 있을 것이다.

첫째, 아내가 하는 말을 잘 경청해야 한다.

아내는 통상적으로 남편보다는 말이 많다. 그리고 자신의 말을 들어주기 원한다. 특별한 일이 생기지 않는 한은 어제 이야기와 별반 차이가 없다. 하지만 들어주는 것만으로도 아내는 행복해한다. 그리고 이것이 소통의 시작이다. 아내의 말이 별 의미가 없더라도 맞장구를 쳐주면 아내는 아주 좋아한다. 이것은 아내에게 주는 남편의 '시간 선물'이다. 들어만 주어도 아내는 선물을 받을 때와 같은 행복감을 느낀다.

둘째, 둘만의 시간을 만들어 집 밖으로 나가라.

사람마다 다르겠지만 아내는 집에 머무는 시간이 많다. 일주일에 하루 정도, 아니면 한나절이라도 부부가 함께 밖으로 나가는 시간을 만들어라. 근처의 산도 좋고 바다도 좋고 영화관도 좋고, 카페도 좋다. 함께 나가서 친구가 되고 연인이 되어주라. 그러면 마음은 항상 청춘을 유지할 수 있다. 우리 부부는 토요일 하루를 근처 바다로 나간다. 일주일 내내 얼굴을 대하지만 밖에서 보는 아내의 모습은 집에서의 모습과는 또 다르다. 커피를 마시고 팔짱을 끼고 바닷가를 산책함만으로 아내는 행복해한다.

셋째, 일상적으로 생기는 작은 것에도 감탄을 자주 하라.

식사할 때마다, "와! 맛있다."든지, 아내가 말을 할 때, "당신은 어쩌면 그렇게 말을 잘해! 그것을 글로 적으면 그대로 한 편의 수필이 될 것 같아."라고 감탄을 해준다. 일상에서 생기는 작은 것에도 감탄해준다면, 아내는 큰 존재감을 느낀다. 또한, 아내가 외출할 때 "너무 멋지네, 우리 아내."라고 이야기해준다. 아마도 그 말을 듣고 집을 나서는 아내는 자신감으로 인해 어깨에 꽤 힘이 들어갈 것이다.

넷째, 가능하면 아내가 원하는 것을 들어주라.

아내가 원하는 것은 큰 것이 아니고 작은 것이다. 원하는 것 대부분은 남편이 조금만 관심을 가지고 시간을 내면 들어줄 수 있는 것들이다. 아내는 남편이 할 수 있고 없는 것이 무엇인지를 누구보다 잘 알고 있는 사람이다. 물론 들어주기 힘든 것도 있다. 나는 아내가 담배를 끊으라고 요구하는 것은 들어주지 못했다. 하지만 언젠가는 들어줄 생각이다. 하지만 술을 끊으라는 것은 들어주었다. 그리고 가능하면 아내가 원하는 것은 들어주려고 노력한다.

"아내가 원하는 것을 들어주면, 아내도 내가 원하는 것을 들어줄 것이다."

다섯째, 아내의 편을 들어주라.

아내가 시어머니 등 가족에게 불편한 일을 당한 후나, 아이에 대해 섭섭함을 말할 때는 무조건 아내 편을 들어주라. 아내가 남편에게 말을 하는 이유는 이성적인 판단을 하여 일을 해결해 달라는 의도가 아니라 내 편이 있음을 확인하고 싶은 데에 있다. 아내 편을 들어주면 아내는 금방 기분이 풀린다. 인상 쓰고 있는 아내와 웃고 있는 아내 중 어떤 아내와 사는 지는 남편 선택에 달려있다. 아내는 남편이 알아준다는 그 사실만으로 문제의 80% 이상은 풀린 것으로 느낀다. 가족 문제뿐만 아니라 직장에서 다른 사람으로부터 받은 불화도 마찬가지다. 아내 편을 들어주는 것만으로도 아내는 새로운 힘을 얻게 된다.

여섯째, 아내의 일을 도와주라.

아내가 항상 하는 이야기가 있다.

"집안일은 안 하면 지저분하고 하면 표시가 없고, 해도 해도 끝이 없다."

집에서 편하게 잠만 자는 아내는 없다. 특히 요즈음 맞벌이 세대가 늘어난 상황에서 언제까지나 전통적인 가부장으로서의 남편으로 살아가서는 안 된다. 가정 일에도 어느 정도의 역할 분담이 필요하다. 주방에서 주로 아내가 일한다면, 남편은 화장실이나 거실을 청소한다든가, 아니면 세탁기를 돌리거나 하면 된다. 아내는 집안일을 남편이 도와주는 것을 '사랑받고 있는 것'으로 인식한다. 아내는 쓸데없이 남편을 괴롭히려 일을 도와달라고 하지 않는다. 아내가 피곤하면 그 스트레스를 감당해야 할 사람은 결국 남편이다.

일곱째, 시장을 보러 함께 가라.

시장을 가면 무거운 짐을 들어야 한다. 짐꾼을 자처하고 아내와 동행하면 여러 가지 좋은 점이 생긴다. 자신이 먹고 싶은 것을 먹을 수 있을 뿐만 아니라, 장을 보면서 아내와 나누는 이야기는 서로에게 많은 힐링이 되고 추억이 된다. 그리고 아내가 시장을 볼 상황이 아니라면 대신 심부름을 해줄 수도 있다.

"대성 상회 옆에 있는 곳에 가서 마늘 찧은 것 좀 사다주세요."

아내는 한번씩 음식을 하다 모자라는 것이 있으면 나에게 부탁하곤 한다. 그러면 얼른 가서 사 온다. 그러면 아내는 무척 좋아한다.

여덟째, 기념일을 챙겨라.

잊어버리고 지나치기 쉬운 기념일을 챙긴다면 아내는 무척 감동한다. 결혼기념일이나, 아내 생일, 화이트데이, 둘이 처음 만난 날 등을 챙긴다면 활력이 될 수 있다. 일 년에 한 번 돌아오는 날을 챙기는 것에서 남편이 자신을 향한 관심이 식지 않았으며, 그것이 곧 사랑받고 있는 것으로 인식하고 있는 것 같다. 사랑은 말로 하기도 하지만 기념일을 챙기는 것만으로도 더 큰 사랑의 표현을 하는 것이 된다.

아홉째, "감사하다."라고 하는 말을 습관화하라.

함께 살다 보면 여러 가지로 아내가 남편을 배려해준다. 예전에는 그것이 당연한 거로 받아들였다. 하지만 나이가 드니 그것은 당연한 것이 아니고 감사한 일이었다. 아내에게 고맙다는 말을 얼마나 하고 살아가는지 남편은 생각해보아야 할 문제다. 아내이기 전에 한 사람의 여자이다. 자신의 아내라는 이름을 가지고 많은 부분 희생하는 아내에게 남편은 감사하는 마음을 가져야 하고, 그 것을 표현해야 한다. '표현하는 당신이 아름답다.' 오늘 집에 가서

"감사합니다."

라는 말을 꼭 해보기 바란다. 그리고 앞으로 감사하는 것을 습관으로 만들 자.

열 번째, 아내의 단점은 가능하면 지적하지 말자.

아내도 완전한 사람이 아니다. 당연히 부족한 점이 있기 마련이다. 그런 당 연한 부족함은 못 본 척하라. 아내도 당연한 좋은 점이 있기 마련이다. 그런 당 연한 좋은 점을 보고 그 점에 대해서만 이야기하자. 살아보니 아내의 부족한 점을 고치려고 해보았지만, 그것은 불가능하다는 것을 알았다. 하지만 내가 바 뀌니 그 부족함은 장점으로 바뀌었다. 자신의 관점에서는 부족한 점이 타인의 관점에서는 장점일 수 있다. 그렇지 않다면 아내의 부족한 점이 아내를 성숙하 게 만드는 것으로 도와주라. 상황에 따라서는 그런 핸디캡이 아내를 더욱 발전 시키는 동기가 될 수 있다.

아내가 원하는 일은 대부분 돈이 필요한 일보다는 몸을 움직여서 하는 일이 다. 귀찮을 수도 있겠지만, 아내가 원하는 것을 들어주거나, 함께 함으로 아내 가 행복해진다면, 그런 행복한 아내와 사는 당신도 행복해진다. 왜냐하면 행복 한 아내의 남편은 결국 당신이기 때문이다. 당신이 해주는 것 그 이상으로 아 내가 당신에게 해주기 때문이다.

"아내가 행복하지 못 하면 남편도 결코 행복할 수 없다."

세상에 당연한 것은 없다

언제부턴가 식당 음식이 입에 맞질 않았다. 술을 끊고 나니 혀가 제 기능을 발휘하는지 조미료 맛이 싫어졌다. 김치 한 가지라도 아내가 해주는 음식이 맛이 있었다. 그전에는 밖에서 생활하는 시간이 많았고, 술을 좋아했기에 조미료가 들어간 자극적인 맛을 좋아했다. 그런데 이제는 아니다. 아내는 무엇을 하더라도 지나칠 정도로 음식에 정성을 쏟는다. 그래서 요즈음은 아내가 해주는 음식이면 무엇이나 맛있게 먹는다. 밖에서 다른 사람과 식사 약속이 없으면 혼자 밥을 사 먹지 않고 가능하면 집에 와서 밥을 먹으려 한다.

"내가 안 해서 그렇지 하면 맛있죠?"

아내는 내가 맛있게 음식을 먹는 모습을 보고 꼭 이렇게 생색을 낸다.

"맞아, 당신이 해주니 너무 맛있어."

나도 맞장구를 쳐준다.

조미료는 혀를 자극하여 먹을 때는 맛있지만 깊은 맛이 나질 않는다. 또한, 음식에는 고유의 맛이 있는데, 그 고유의 맛을 느끼지 못하게 한다. 하지만 조미료를 사용하지 않는 아내의 음식은 혀가 느끼는 맛은 덜할지 모르지만, 음식 고유의 맛을 느끼게 해준다. 식당 밥은 육체적인 에너지를 주지만, 아내의 밥은 식당 밥이 절대 줄 수 없는 정신적인 힘을 준다.

세상을 살아감도 마찬가지이다. 식당 밥을 즐겨 먹을 때는 혀가 즐거우면 다 좋은 줄 알았다. 다른 사람이 달콤한 이야기를 하면 그것이 진짜 좋은 줄 알았다. 하지만 아니었다. 조미료 맛이었다. 달콤하게 들리는 이야기는 결코 내 삶에 도움이 되는 말이 아니었다. 심한 경우 나를 절벽으로 내몬 말도 있었다.

아내의 밥을 좋아하고부터 혀가 즐겁지 않더라도(그런 경우는 적지만) 그것이 진정 나만을 위한 밥인 줄 알았다. 그것이 진짜 맛이었다. 진짜 맛이 어떻다는 걸 알았기에 식당의 조미료가 들어간 맛이 싫어진 것이다. 그리고 한 가지 더 깨달은 것은 삶에도 분별력이 생겼다는 것.

"진짜를 알면 가짜가 보인다는 것."

며칠 전 아내가 살아있는 것이 기적이라고 말했다. 그렇다. 하루하루가 기적이 아닌 날이 없다. 뉴스를 보면 매일 사고가 일어난다. 우리 가족 중에 누군가가 사고가 나지 말라는 법이 없으니 매일 매일 가족이 건강하게 살아있는 것이 기적임이 분명하다. 단지 기적인 줄 인식하지 못하고 살아갈 뿐이다. 사고 없이 살아가는 것이 당연하다고 생각했지만, 아내의 말을 들으니 정말 살아있는 것이 기적이라는 생각이 든다.

아내는 요즈음 매일 밥상을 차려준다. 예전에는 아내가 밥상을 차려주는 것을 당연하다고 생각했지만, 결코 당연한 일이 아니라는 생각이 든다. 아내가 나에게 매일 밥상을 차려주는 것도 기적이며, 그것은 무한히 감사해야 할 일이라는 것을 느끼게 되었다.

"세상에 당연한 것은 없다."

아내가 웃어야 가정이 행복하다

　친구 홍식이를 만난 것은 정말 오랜만이었다. 그는 경제학과를 다녔고, 난 국문과를 다녔다. 당시 나와 친한 친구들이 경제학과에 많이 다녔기에 자연스레 함께 어울렸다. 그리고 세월이 흘러 졸업한 지 거의 25년 만에 그를 교회에서 다시 만났다. 학창시절에 그와 나는 교회에 다니지 않았는데, 세월이 흘러 의외의 장소에서 다시 만나게 된 것이다. 무척 반가웠다.

　아내는 독실한 그리스천이다. 하지만 난 그동안 숱한 아내의 권유에도 불구하고 교회에 나가지 않았다. 그러다 술을 끊고 아내의 권유로 교회에 나가게 되었다. 그곳에서 그를 만난 것이다.

　"어! 홍식아, 너 이 교회에 다니나?"

　"윤창아이가, 오랜만이다. 그래, 나 여기 다닌다."

　대학시절 그는 나를 윤창영이라는 이름의 마지막 자인 영을 빼고 윤창이라 불렀다. '윤창' 참 오랜만에 듣는 별명이었다.

"반갑다. 그런데 너 옛날에는 교회 안 다녔잖아?"

"가정의 평화를 위해서 다닌다."

그의 아내는 내 처와 같은 구역 식구였기에 서로가 잘 아는 사이였다. '가정의 평화를 위하는 길', 농담조의 말임을 알지만, 아내가 원하는 것을 들어주려는 그의 마음이 얼굴에 웃음으로 그려졌다.

아내가 행복해야 가정이 행복하다. 가장이 좀 힘들더라도 아내가 굳건하면 그 가정은 무리 없이 돌아가고 다시 원상태로 회복되기 쉽다. 아내가 행복하면 회복탄력성이 그만큼 커진다는 말이다. 하지만 아내가 힘들면 가정에는 웃음이 사라지고 평화가 깨어진다. 물론 누구 하나 중요하지 않은 가정의 일원이 있겠냐만 아내의 중요도는 그만큼 크다는 의미이다.

남편은 밖에서 생활하는 경우가 많다. 상대적으로 아내는 집에서 많이 생활한다. (물론 요즈음 맞벌이하는 부부가 많아져 이렇게 살지 않은 사람이 많겠지만, 대체로 그렇다는 이야기이다.) 집에서 생활하는 시간이 많은 만큼 아이를 비롯한 다른 가족 구성원을 위해 큰 노력을 한다. 가족이 굳건하게 자기 일을 할 수 있도록 뒷바라지를 하느라, 아내는 힘이 든다. 가족 전체를 웃게 만들려고 항상 동분서주다. 아내의 희생으로 다른 가족 구성원은 자기 일을 잘 수행할 수 있게 된다.

가정에서 마지막으로 웃는 사람이 아내다. 그렇기에 아내가 웃으면 가족이 모두 웃는 것이 된다. 아내가 행복하면 가족 모두가 행복해지는 것이다. 그런데 그런 아내를 웃게 만드는 것은 남편 몫이다. 아내를 웃게 만들려면 아내가 원하는 것을 들어주어야 한다. 홍식이의 말처럼

"가정의 평화를 위해서."

남편은 아내의 장점 발견자가 되어야 한다

　사람에겐 누구에게나 장점이 있고, 단점이 있다. 부부생활에서 상대에 대해 장점 발견자가 되느냐, 단점 발견자가 되느냐에 따라 행복의 정도가 정해진다. 가능하면 상대방의 장점 발견자가 되어 칭찬을 많이 해주라고 권하고 싶다. 이런 생각에 많은 사람이 동의하겠지만 현실에서 잘 되지 않는다. 이러면 어떨까? 미리 상대방에 대한 장점 몇 가지 정도는 생각해 두고 기회가 있을 때마다 칭찬해준다면, 상대방도 나에게 그러하지 않을까? 그러면 훨씬 부부관계가 존중되고 서로에 대한 신뢰가 쌓이게 되고, 더욱 행복한 삶을 살게 되지 않을까?

　칭찬은 고래도 춤추게 한다는 말이 있다. 생각해보면 난 칭찬에 참으로 인색한 사람이었다. 말이 그렇게 많지도 않아 꼭 필요한 말 이외에는 하지 않는 편이다. 그러니 의도적인 칭찬을 해야겠다는 생각을 할 줄 몰랐다. 하지만 요즈음 아내에 대한 글을 쓰고 있는데 문득 전에 나눈 대화가 생각이 났다.

한번씩 아내가 나에게 이렇게 물을 때가 있다.

"나 좋은 사람이야?"

"맞아. 당신 좋은 사람이야."

"뭐가 좋은데 말해줄래?"

이렇게 물어오면 딱히 해줄 말이 생각나지 않는다. 아내가 좋은 사람이라는 것은 알고 있다. 그런데 막상 말을 하려니, 말문이 막혔다. 그래서 아내의 좋은 점에 대해 깊이 있게 생각해보고 글로 한번 써보고 싶었다. 글로 쓰면 머리에 남는다. 그래서 아내가 나의 장점이 뭐야? 라고 물었을 때 바로 이야기해주리라. 또한, 묻지 않아도 내가 생각하는 장점을 발휘하는 순간이 있다면 타이밍을 잘 잡아 칭찬해주리라. 내가 하는 칭찬이 아무리 어색해도 그것을 듣는 아내는 자존감이 상승한다고 굳게 믿고 있다. 사람마다 장점은 다 다르다. 내가 생각한 아내의 장점은 이렇다.

첫 번째, 말을 아주 재미있게 한다.

아내의 말은 글의 소재가 될 만큼 아주 흥미롭다. 어떻게 저런 말이 끊임없이 쏟아져 나올까 정말 신기하기까지 하다. 아내의 입은 꼭 말을 만들어내는 기계 같다는 생각을 하기도 한다. 그리고 쫑알쫑알 쉼 없이 내뱉으며 하는 것이 꼭 새와 같아서, 그것을 소재로 '쫑알새'란 시도 적었을 정도이다. 또한, 아내는 어떤 상황이나, 모임 등에 대해 특징을 잡아 참신한 이름도 잘 짓는다.

그래서 우리는 아침, 저녁으로 토크 타임을 갖는데, 저녁에 하루 있었던 일을 들으면, 꼭 직접 옆에서 본 것 같을 정도로 말로 묘사하는 것이 탁월하다. 예전에는 말 많은 아내라고 생각하며, 아내가 말을 하려 하면 귀부터 막았는데 내 생각을 바꾸니 그런 단점이 장점으로 바뀌었다. 그래서 요즈음은 아내가 말을 하면 맞장구를 쳐준다.

"스피치 강사하면 참 잘하겠어."

두 번째, 사교성이 좋다.

교회에서 구역 식구를 사귀거나 어떤 강좌를 들으러 가서 사람을 잘 사귀고 친하게 지낸다. 가는 곳마다 사람을 사귀어 집에 데려오기도 한다. 그래서 아내를 싫어하는 사람을 본 적이 드물다. 무뚝뚝한 내 모습과는 아주 대조적이다. 또한, 사람이 살아가는 데는 표정 없는 얼굴보다 웃는 얼굴이 상대방에게 기쁨을 준다. 아내는 가능하면 웃으려 하고 다른 사람이 편하여지도록 하는 등 성격도 아주 원만하다.

어머니가 콩나물 장사를 하시기에 가을만 되면 촌으로 콩을 사러 다닌다. 가기 전에 언제 간다는 연락을 하면, 그곳 할머니들은 꼭 아내와 같이 오라는 말을 잊지 않는다. 아내는 그분들에게 살갑게 대하니 그분들은 아내에게 고구마, 채소, 고추장, 무, 시래기, 찹쌀 등을 한 아름 챙겨주신다. 돌아오는 차 안에서 칭찬을 해준다. 그러면 아내는 으깨가 으쓱해진다.

"사교성 좋은 아내 덕에 콩 사러 갈 때마다 덤을 얻네."

세 번째, 실천력이 좋다.

아내는 유튜브를 자주 듣는다. 그곳에서 좋은 내용을 들으면 꼭 실천하고자 노력한다. 목사님 설교라든지 기타 자기계발 강연을 들으면 꼭 실천하고자 노력한다. 그곳에서 살아가는 방법을 터득하는 것 같다.

며칠 전에도 아내의 직장에서 좋지 않은 일이 있었다. 평소에 호의를 베푼 후배가 아내를 따돌리는 일이 발생한 것이다. 아내는 그 일로 악몽까지 꾸었다. 나에게 조언도 구하고 유튜브를 들으며 배운 것이 감정적 대응을 자제하자는 것이었다. 그것을 실천한 결과 그 후배로부터 사과를 받았고, 지금은 더욱 가깝게 지내고 있다. 이뿐만이 아니라 꼭 좋은 말을 들으면 그것을 생활에 실천하고자 노력한다.

방금 아내에게 문자가 왔다.

"장동건 형님, 나 김희애 동생으로 불러줘."

사람에 대해 구체적으로 표현하라는 유튜브를 보고 금방 실천한 것이다.

"그렇게 불러줄게."

본의 아니게 아내는 우리를 연예인 가족으로 만들었다.

"당신은 정말 실천력 하나는 타고났어."

네 번째, 항상 무언가를 배우려고 노력한다.

직업과 가정이라는 쉽지 않은 생활에도 불구하고 아내는 항상 무언가를 배우려고 노력한다. 예전에는 조리사 자격증도 땄으며, 문화지도사 과정도 수료하였고, 상담심리사, 등등 일일이 열거할 수 없을 정도로 끊임없이 배우러 다닌다. 그리고 현재는 글을 쓰는 나에게 자극을 받아 수필 강좌를 들으며 수필을 배우고 있다.

언젠가 아내가 미용 기술을 배워 내 머리를 깎아준 적이 있다. 그리고 함께 사는 노모에게 자랑했다.

"어머니 제가 이발 기술을 배워 성원이 아빠 머리를 깎아주었어요? 어때요?"

그러자 노모는

"영(나)이가 머리를 대주니 네가 얼마나 고맙겠노!"

'잘했다'라는 칭찬을 기대한 아내는 황당해하였고, 그것은 두고두고 노모의 아들 사랑의 예로 이야기되고 있다. 우리에게는 소중한 추억이다.

다섯 번째, 동물을 사랑한다.

우리 집에는 애견 축복이와 고양이 새벽이가 있다. 그 둘에게 너무 잘해주기 때문에 축복이와 새벽이는 아내를 꼭 자기 엄마인 줄 알고 따라다닌다. 축복이는 아내가 없으면 밥도 잘 먹지 않을 정도로 아내를 좋아하고, 실내에서도 아내만 졸졸 따라다닌다. 새벽이는 길고양이 출신이다. 둘째 아들이 길에 버려진 새끼 고양이를 집으로 데려왔는데, 아내는 그런 길고양이의 엄마를 자처했다. 아프면 병원에도 데려가기도 하고, 겨울철에는 마당에서 지내는 길고양이 새벽이를 위해 춥지 않게 지낼 수 있는 집을 만들어 주기도 했다. 새벽이 집은 거의 다섯 채가 넘는다. 그런 아내의 배려를 아는지 새벽이는 밤늦게까지 일을 하고 돌아오는 아내를, 대문 옆의 기둥 위에 앉아서 하염없이 기다린다. 고양이가 도도하다는 말은 최소한 새벽이에게는 통용되지 않는 말이라 생각이 들 정도로 아내를 따른다. 항상 아내가 하는 말이 있다.

"동물을 사랑하는 사람치고 나쁜 사람은 없다."

여섯 번째, 신앙심이 두텁다.

새벽기도를 나가기도 하고, 금식하며 기도할 정도로 신앙심이 두텁다. 이런 신앙심은 어려운 일을 당할 때 버티는 힘이 되기도 한다. 나와 아들로 인해 좌절할 때도 많이 있었다. 하지만 결코 희망을 버리지 않고 다시 일어나 있을 곳에 굳건하게 서 있었다. 그것은 신앙의 힘이었다.

또한, 고질병을 기도로 치유 받은 적도 있다. 처녀 시절 사고로 항상 한쪽 다리에 통증이 있었다. 그런데 어느 집회에 가서 치유 기도를 받고 나았다. 과학적으로 설명되지 않는 일이지만 어쨌든, 아내에게 일어난 일이며, 그것은 두터운 신앙심의 결과라고 아내와 나는 생각하고 있다. 그리고 항상 하는 말

"당신을 위해 기도할게요."

일곱 번째, 나누어 주기를 좋아한다.

우리 집 앞에 독거노인이 산 적이 있다. 아내는 그것을 알고 수시로 음식을 만들어 가져다주곤 했다. 그뿐만이 아니라 아내는 무언가를 만들면 주변에 나누어 먹기를 좋아한다. 1년에 한 번 매실액을 만드는데, 항상 주위 사람들과 나

누어 먹는다. 다른 효소든, 고추장이든 된장이든 마찬가지다.

나누어줄 때는 형식적으로 주지 않는다. 두 번 손이 가지 않게 신중을 기한다. 서울에 사는 노태권 형님에게 갈 때 회를 사다 준 적이 있는데, 찹쌀과 곡식을 섞은 밥과 출발 당일 얼음을 넣어 밀봉한 회, 전날 사서 식초를 넣고 씻은 상추, 먹기 좋게 자른 마늘과 고추, 매실액과 여러 가지 재료를 넣은 초장 등 먹기에 최적의 상황을 만들어 주었다. 형님과 형수님은 감동하였고, 정성이 가득 담긴 문자를 보내주었다.

여덟 번째, 사람을 잘 기억한다.

한 번 본 사람은 잊어버리는 적이 거의 없을 정도로 사람 기억을 잘한다. 그에 빗대어 경찰을 하면 아주 유능한 경찰이 되었을 것이라는 말을 아내에게 해주곤 한다. 오래전에 만난 사람을 다시 기억하는 모습을 보면 놀라기도 한다.

둘이 함께 길을 가다가

"여보, 저 사람 언제 무엇 무엇을 한 사람이야."

라고 속삭여준다. 그 말을 들으면 정말 맞는 것 같다. 30년이 넘은 사람도 다 기억을 한다. 정말 그런 경우를 당할 때마다 신기하다.

아홉 번째, 가족이 우선이다.

자신보다 가족을 먼저 생각한다. 항상 가족을 생각하고 가족의 행복을 위해 헌신한다. 예전에는 그것을 헌신이라 생각하지 않고 간섭이라고 생각했다. 무엇이든 꼭 입을 대는 것으로 생각하여 귀찮아하곤 신경질을 부리곤 하였다. 하지만 살아보니 그것이 아내의 헌신이고 사랑의 표현 방법이라는 것을 알게 되었다. 아내의 가족을 위한 헌신은 꼭 내 아내만의 일이 아니라 많은 아내가 그러할 것이다. 그렇다고 해서 그것은 당연시될 수 없는 것이다. 이런 점에 대해서 항상 감사하게 생각하며, 이 땅의 남자들도 아내에게 감사해야 할 일이라고 생각한다.

"세상에 당연한 것은 없다."

열 번째, 책임감이 강하다.

아내는 지금 중학교 방과 후 국어와 초등학교 논술 교사로 활동하고 있다. 자신이 맡은 아이에 대해서는 언제나 최선을 다한다. 그리고 자신이 주어진 책임에 대해서는 회피하는 모습을 본 적이 없다 수업을 마치면 항상 학생의 어머니에게 문자를 보낸다. 오늘 어떤 수업을 하였으며, 학생의 수업 상태는 어땠는지. 물로 회원 관리 측면에서 하는 일이라 생각할 수도 있겠지만, 아이에 대한 사랑과 책임감이 없으면 하기 힘든 일이다.

그러한 책임감이 우리 가족의 행복을 지키는 것에도 일조하였다. 내가 힘들게 했을 때, 엄마로서, 아내로서의 자리를 지키며 굳건하게 버텨준 까닭에 오늘 우리가 행복하게 살고 있다는 생각을 한다.

아내의 장점은 이외에도 아주 많다. 그런 장점이 많은 사람이 내 아내여서 행복하다. 물론 단점도 없을 수 없겠으나, 특별하게 글로 쓸 만큼의 단점은 생각나지 않고, 그렇게 할 이유도 없다. 이렇게 정리하여 두니 부듯하다. 앞으로 아내와 생활하면서 수시로 이런 장점을 이야기하며 칭찬의 말을 해주고 싶다. 그것이 아내와 행복하게 사는 또 하나의 방법이 되리라. 글을 읽는 독자도 한 번쯤 배우자의 장점에 대해 적어본다면 평소 생각지도 못한 일이 장점으로 생각될 것이며, 훨씬 더 행복한 삶을 살 수 있지 않을까? 아내가 나에게 한 말이 있다.

"행복은 크기가 아니라, 빈도다."

제2장
아내가 원하는 것 들어주기 프로젝트

아내와 바닷가 아침 데이트

아내와 결혼한 지가 올해로 28년째이다. 그동안 아내에게 참 못했다는 생각이 들었다. 사업에 실패해 경제적으로 힘들게 했고, 알코올 중독으로 마음고생을 많이도 시켰다. 결혼할 때는 정말 잘해주고 싶었는데, 고생만 시키며 지내다 보니 어느덧 60을 바라보는 나이가 되었다. 그런 생각을 하던 중 앞으로는 아내에게 잘 해주어야겠다는 생각을 했고, 막연하게만 생각할 것이 아니라 구체적으로 어떻게 하면 잘해줄까? 라는 생각을 하게 되었다. 그래서 생각한 것이 '아내가 원하는 것 들어주기 프로젝트'이다. 우선 아내에게 잘 해보자는 생각을 했다. 어떤 것이 아내에게 잘하는 것인가? 라는 물음이 생겼고, 아내가 원하는 것을 해주면 된다는 답을 얻었다. 이제껏 살아오면서 아내는 나에게 많은 것을 원했다. 하지만 들어준 것보다는 들어주지 않고 무시하거나 미루거나 한 것이 더 많았다. 그래서 아내가 원하는 것 들어주기 프로젝트를 시작했다. 한 가지씩 이룰 때마다 한 편의 글을 쓸 생각이다.

어젯밤 귀가를 하니 아내가 나에게 "내일 아침 바다로 드라이브 갔으면 좋겠

어요."라는 말을 했다. 〈아내가 원하는 것 들어주기 프로젝트〉를 생각한 후 첫
번째로 아내가 나에게 원하는 것이었기에 "그래요. 갑시다." 흔쾌히 승낙했다.
그래서 오늘 아침 7시에 아내와 집을 나섰다. 우리 집에서 바다까지는 한 20분
정도가 걸린다. 지난밤에는 바람이 많이 불었다. 잠을 자다 바람 소리에 놀라
깨어날 정도로, 아침이 되자 바람의 기세는 한풀 누그러지기는 했지만, 여전히
세찼다. 차를 타고 가면서 많은 이야기를 나누었다. 아내에게 해주었던 이야기
다.

"울산 중구 평생교육원에서 박성호 강연회가 있었어요. 올해 스물일곱 청년
인데 세계일주를 하고 책을 내었다는군요. 자신을 대치동 키즈라고 소개를 했
는데, 중학교에 다닐 때까지 안 다녀본 학원이 없을 정도로 전형적인 강남 키
즈였대요. 그렇게 공부를 하여 울산의 자사고인 청운고등학교에서 공부한 후,
명문대인 카이스트에 합격했대요. 그런데, 당신 기억나지요? 몇 년 전에 카이
스트 학생이 매월 한 명씩 자살한 일말입니다. 그때가 박성호 작가가 1학년 때
였다는군요. 자살한 친구 중에는 자기와 친했던 학생도 있었다네요. 큰 충격을
받았고 인생이 참 공허하다고 느껴졌대요. 그리고 많은 생각을 하는 계기가 되
었다네요.

왜 자살을 한 것일까를 곰곰이 생각해보니 행복하지 않았기 때문이라는 결
론에 도달했대요. 어머니의 등에 떠밀려 학원에서 학원으로 옮겨 다니며 공부
를 했고, 고등학교에서도 정말 열심히 공부해서 남들이 부러워하는 대학교에
합격했는데, 전혀 행복하지 않더라는 겁니다. 그러다 군대에 입대하게 되었는
데, 남들은 힘들다는 군대 생활이 자신에게는 학교에 다니며 공부할 때보다 더
행복하다고 느껴졌대요. 그리고 자신이 살아온 길을 되돌아보게 되었다는군
요. 학교와 학원을 오가며 한 공부는 자기에게 행복을 주지 못했다고 생각했대
요. 그래서 행복하기 위해서는 부모의 생각대로 사는 것이 아닌 자신이 주체가

된 삶을 살아야 한다는 생각을 했대요.

군대 제대를 하고 우선 부모님이 원하는 대로 열심히 공부하여 카이스트를 수석 졸업을 한 후, 호주로 여행을 떠난 대요. 호주에는 최저임금이 시급 2만 원 정도였는데, 일하며 받은 돈으로 비행기 표를 샀다네요. 세계 지도를 펴두고 임금을 받을 때마다 한 지역에서 한 지역으로 이동하는 항공권을 예약했는데, 3개월 정도 일을 하여 번 돈 1천만 원으로 6대륙을 가로지르는 항공권을 살 수 있었다는군요. 그리고 1년에 걸쳐 세계 여행을 했다고 했어요."

정자에서 주전까지 해안을 따라 드라이브를 하며 이런저런 많은 이야기를 나누었다. 바람에 일렁이는 파도를 보기도 하고, 비 온 뒤 청명한 하늘과 바다로부터 봄이 천천히 다가오는 것을 마음으로 보기도 했다. 그러다 바닷가 옆 편의점에 도착해서 샌드위치와 아메리카노 커피를 사 먹으며, 말을 꺼냈다.

"박성호 작가의 이야기를 들으니 우리 아들 성원이 생각이 나더군요. 서울에 함께 가는 것이 어때요? 겨울도 끝나가고 하니 옷이랑, 봄에 덮을 이불도 가져가고, 전에 가져다준 솜이불도 가져오고."

"저도 그 생각을 했는데, 갈 때 생선회를 좀 사서 가요. 함께 일하는 친구들과 나누어 먹으면 아주 좋을 것 같네요."

"그것 좋은 생각이네요. 다음 주에 한번 갑시다."

돌아오는 길이 무척 행복했다. 행복이란 미래에 있는 것도, 거창한 것도 아니다. 이렇게 작은 것이 행복이다. 작은 행복이 쌓이면 행복한 인생이 된다는 걸 다시 한번 느끼게 되었다.

집으로 돌아오니 아침 9시. 두 시간 동안의 아내와의 아침 데이트는 끝이 났다. 하지만 나의 프로젝트는 이제 시작이다. 〈아내가 원하는 일 들어주기 프로젝트〉가 끝나갈 즈음이면 아내와 나의 관계는 어떻게 바뀌어 있을까. 생각만으로도 즐겁다.

서울 가서 형님을 만나다

아내에게 이야기하지 않고 '아내가 원하는 것 들어주기 프로젝트'를 생각하고 아내 모르게 진행하고 있다. 두 번째 프로젝트는 아내가 '서울에 사는 아들에게 함께 가주기를 원한 것'을 들어준 것이다. 아내는 12일의 긴 휴가를 얻었다. 이 휴가를 그냥 보내기 아쉬워 의미 있는 일을 하고 싶어 했고, 그것은 서울에 사는 큰아들을 보러 가는 것이었다. 요즈음 나의 생활은 무척 바빴다. 아내는 서울에 함께 가고 싶어 하는 눈치였지만 말을 꺼내지 못하는 것처럼 보였다. 그래서 바다에 드라이브 갔을 때 내가 먼저 서울에 함께 가자는 말을 꺼내었다.

서울에 있는 아들은 대학 3학년 1학기를 마치고 휴학을 한 후 친구 두 명과 함께 창업하였다. 거의 2년 전에 시작한 일이 어느 정도 안정이 되어 이번에 새로운 사업장을 열었다. 세 명 모두 산업디자인을 전공하였기에 그들 스스로 사업장을 리모델링했고, 아내는 그 사업장을 보고 싶어 했다. 아들을 보러 가기 며칠 전부터 아내는 수선을 떨었다. 평소 회를 좋아하는 아들을 위해 회를 사고 싶어 했으나 출발하기 며칠 전에 출발 당일 일기예보를 보니 비가 온다고 되어있었다. 망설이며 나에게 물었다.

"비가 오는 날은 회를 먹지 않는다고 하는데 어떻게 할까요?"

"괜히 먹고 배탈이라도 나면 안 좋지 않을까? 성원이가 곰장어를 좋아하니 곰장어를 사가는 것이 어때요?"

"와! 당신은 천재입니다."

하면서 아내는 좋아했다. 그런데 출발하기 하루 전날 일기 예보가 바뀌었다. 며칠 전에는 비가 온다고 하였지만, 하루 전날 일기예보에는 비가 오지 않는다고 하여 회를 사기로 한 것이다. 울산은 바다가 바로 옆에 있어 회는 아주 싱싱하고 맛있다. 큰아들에게 회를 사주면 서울에서는 이 맛이 나지 않는다고 먹을 때마다 감탄하곤 했다. 아내는 하루 전날 농수산물 시장에 가서 싱싱한 상추와 깻잎, 오이, 고추 등을 사 와서 식초를 넣고 깨끗하게 씻었다. 싱싱함이 유지될 수 있도록 비닐 팩에 넣고 냉장실에 보관했다. 그 정성은 과히 금메달감이었다. 그리고 출발하는 날 새벽에 둘째를 깨워 농수산물 시장으로 향했다. 광어와 밀치 등을 사는데, 아내가

"노태권 오빠 것도 사요."

라고 말했다.

"좋지. 그렇게 합시다."

노태권 형님은 아내의 수양 오빠이다. 아내가 노태권 형님을 처음 만난 것은 울산 MBC 방송사에서 진행했던 '에듀콘서트'라는 프로그램의 강의를 듣고 난 뒤이다. 아내는 강의 시간 내내 가슴이 먹먹했다고 한다. 그래서 강의를 마친 후 저자 사인회를 하는 시간에 노태권 형님으로부터 따로 연락처를 받았다. 당

시 가족들 때문에 힘겨운 상황이었던 아내에게 형님의 살아온 이야기는 한 가닥 희망이 되었다고 한다. 이날 이후 형님과 형수님(난 이렇게 부른다.)과도 가끔 연락을 주고받는 사이가 되었다. 노태권 형님의 이야기를 잠시 소개하면, 노태권 형님은 여러 번 사업에 실패하고, 연고도 없는 춘천으로 무작정 내려갔다고 한다. 중졸 학력이 전부였던 그는 공부에 한이 맺혀 있었다. 그래서 막노동을 하면서 다시 공부를 시작했다. 형님의 아내는 늦은 밤, 식당일을 하고 돌아와서도, 난독증으로 글을 읽고 쓰기 힘들어하는 남편을 위해 공부할 내용을 A4용지에 큰 글자로 옮겨 적었다. 그 글자 수가 천 만자가 넘었으며, 글자를 적느라 손가락 끝마디가 바깥으로 휘어졌다고 한다. 그 고난의 길에 밝은 빛이 보였다. 배움의 길에 들어선 지 7년째인 2006년에 수능 모의고사 7번을 쳐서 모두 만점을 받은 것이다. 하지만 자신이 공부에 몰입해 있는 동안 두 아들은 게임에 빠져 신체적, 정신적으로 힘들어했다.

"내가 내 공부에 빠져 아이들을 잊고 살 때, 아내 또한 생업에 종사하느라 아이들을 보살필 시간이 없었다. 나의 7년 공부가 아이들의 꿈을 빼앗아가고 만 것이다. 내 공부도 중요하지만, 자식들에게 길을 열어 주어야 한다고 생각한 나는 추호의 망설임도 없이 내 공부를 포기했다."

노태권 형님의 결정은 단호했다. 아이들을 위해 그토록 열심히 하던 공부를 포기하고, 먼저 아이들과의 유대관계를 강화하고 아이들의 정신적, 신체적 병을 치료하기 위해 8000km를 함께 걸었다. 그리고 아이들과 함께 공부하기 시작했고 두 아들을 모두 서울대 장학생으로 합격시키는 꿈을 이루었다. 그리고 자신의 경험을 적은 '공부의 힘'이란 책을 세상에 내어놓았다. 비록 자신의 대학진학이라는 꿈은 이루지 못했지만, 전국을 돌아다니며 1000회가 넘는 강연회를 가졌다. 또한, 명강사 경연대회에서 대상을 받기도 했으며, 방송 출연을 하는 등 전과는 완전히 다른 인생을 살고 있다.

현시대 우리 사회의 많은 사람은 일과 가정에서 실패와 좌절을 경험하고 있다. 그들에게 노태권 형님의 강의는 한 줄기 빛을 밝혀줄 등대가 되기에 충분하다. 사업실패를 겪었고 좌절도 하였지만, 그것을 극복하고 아버지로서, 남편으로서 재기에 성공한 사례는 좌절에 빠진 이 시대 아버지들에게 새로운 살아갈 힘을, 그리고 공부에 지친 아이들에게는 하면 된다는 희망과 새로운 동기를 부여하고 있다.

개인적으로 아내와 몇 번의 만남을 부부동반으로 가졌다. 그러면서 생각한 것은 노태권 형님의 의지도 높이 평가하지만, 어려운 환경 속에서도 묵묵히 남편을 섬기고 올곧게 일으켜가는 아내의 헌신에 경의를 표하고 싶다. 서울에 올라가 그 부부를 만났을 때, 남편이 말할 때마다 그 이야기를 처음 듣는 순수한 어린아이처럼 매 순간 눈을 마주치며 반응하고 집중하는 형수님의 모습이 참으로 인상적이었다. 그리고 최근에 나에게 보내준 수필 한 편을 읽어보며 느낀 점은, 가정이 해체될 상황에서도 부부 중 어느 한 사람이라도 헌신과 사랑의 마음이 끝까지 변하지 않고, 잘 될 거라는 믿음을 가진다면 반드시 그 가정을 되살릴 수 있다는 확신을 하게 되었다. 그 한 사람이 기둥이 되어 협력한다면 어떠한 어려움도 극복할 힘이 생기며, 그것이 가족의 힘이란 사실도.

요즈음 경제적 위기와 사회불안 속에서 가정이 해체되거나 자녀의 여러 중독 현상들을 보면서 노태권 형님과 그 아내의 이야기는 위기의 가정과 자녀에게 많은 귀감이 될 것이라 믿는다.

서울에 도착해서 먼저 큰아들 사업장에 사 온 회와 음식을 내려주고 노태권 형님 부부를 만났다. 오랜만에 만났지만, 여전히 반갑게 맞이해 주었다. 서로 시간이 바빠 긴 이야기는 나누지 못하고 준비해간 회와 매운탕을 끓일 수 있는 재료를 주었다. 형님과 형수님이 너무 고마워했고, 기름 값이나 하라면서 돈이 든 봉투도 주었다. 거절하였지만 너무 강권하였기에 받지 않는 것은 예의가 아니라는 생각에 받았고 감사했다.

저녁과 그다음 날에 아내에게 온 형수님의 두 통의 문자는 너무 감동적이었다. 너무 잘 먹었다는 말을 어떻게 그리 감동적으로 할 수 있는지. 오히려 너무 작게 준비해간 것은 아닐까 하는 생각까지 들었다. 이틀에 걸쳐 온 문자를 소개하면,

첫째 날, 문자

경미야!
너무나도 오랜만에 푸짐하게 상추, 깻잎, 고추, 오이
더불어 찹쌀밥까지.
맛있게 잘 먹었다
따뜻한 마음의 정성이 우리 부부에게 퍼져서 감동과 함께 희열을 맛본다.
그 고마운 배려의 마음을 사랑한다.
항상 긍정적인 마인드가 성공으로 이끌어 가게 되어있단다.
고맙다?

첫째 날은 회를 가지고 노태권 형님의 어머니 집에 가서 노모와 함께 드셨다고 한다. 그리고 남은 한 팩과 매운탕 재료를 가지고 집으로 와서 두 아들과 함께 나누어 먹었다고 한다. 이럴 줄 알았으면 좀 많이 사서 가는 건데, 하는 아쉬운 생각이 밀려왔다.

둘째 날, 문자

경미야!
잘 도착했나?
어제 회 한 팩과

매운탕을 집에 가지고 와서 네 식구가 맛있게 먹었다.

매운탕 속을 자근자근 끝까지 경미 정성을 생각하며 먹었단다.

귀한 시어른 콩나물도 말이다.

아무튼 고맙다.

　사람은 살아가면서 수많은 관계를 맺고 산다. 많이 만난다고 깊은 만남이 되는 것은 아니다. 마음과 마음이 손을 잡을 때 진정한 관계가 됨을 느꼈다. 그것은 서로에게 감사하는 마음을 갖는 것과 서로를 배려하는 마음이 있어야 한다. 계산하지 않는 마음, 이해하는 마음이 있어야 좋은 관계가 유지됨을 느꼈다.

　노태권 형님은 하루에 한 끼밖에 먹지 않으면서도 잠자는 시간도 쪼개어 노력하며, 지금은 마라톤 연습을 하고 있다고 한다. 노태권 형님의 노력은 진짜 대단하다. 하지만 더 대단한 것은 최악의 상황을 극복해낸 가족의 힘이다. 막노동하는 가장과 게임과 우울증에 빠진 아들과 생계유지를 위해 식당에서 일한 형수님. 그때의 상황은 어쩌면 형님의 인생에서 최악의 순간이었을 것이다. 하지만 그것을 극복해내었고 형님과 형수님은 강사가 되었고, 아들들은 서울대 장학생이 되었다. 똘똘 뭉친 가족의 힘은 어떠한 힘든 상황도 극복할 수 있음을 알게 되었다. 난 절대 노태권 형님 혼자 이루어낸 것으로 생각하지 않는다. 형님이 기둥이 되고 형수님이 지원을 해주었으며, 아들들이 따라주었기에 가능했다.

　우리 가족도 별반 다르지 않았다. 난 알코올 중독에 빠져 있었고, 아내는 생계유지를 위해 고군분투하였고, 아이들은 방황하였다. 하지만 지금의 나는 술을 끊었고 아내는 방과 후 교사로 활동하고 있으며, 큰아들은 창업하여 나름으로 열심히 생활하고 있다. 그리고 둘째는 아직 부족하지만 스스로 길을 찾을 것이라 믿는다. 노태권 형님의 가족을 따라가려면 한참 멀었지만, 우리 가족은 예전의 상황보다 한 단계 좋아졌으며, 완전히 좋아지는 것에는 그리 오랜 시간이 걸리지 않으리라는 것을 확신한다. 왜냐하면

"가족의 힘을 믿으니까."

인생 여물게 살아야 한다

둘째가 아내에게 부식을 사러 가자고 했다. 그런데 아내는 나에게 "당신도 함께 가요." 라고 말했다. 하지만 요즈음 나는 아침 일찍 집을 나와 도서관으로 와서 글을 쓰는데, 부식을 사러 가면 족히 2~3시간은 걸리게 될 것이고, 그러면 생활 리듬이 깨어지게 될 것 같아 처음에는 가지 않겠다고 했다. 하지만 〈아내가 원하는 것 들어주기 프로젝트〉가 생각이 났다.

"알았어요, 같이 갑시다."

그렇게 해서 세 명이 함께 부식을 사러 갔다. 울산 북구 진장동에 도매가격으로 부식을 살 수 있는 대형 식자재 마트가 새로 생겼기에 그곳으로 갔다. 그런데 문을 여는 시간보다 일찍 도착했다. 아침 8시부터 문을 여는데 30분 이상이나 기다려야 했다. 기다리는 시간이 아까워서

"그냥 집에 갑시다."

라고 말하자. 아내는

"30분만 기다리면 되니 근처 편의점에 가서 커피라도 마셔요."

'어차피 따라나선 것 기분 좋게 아내가 원하는 것 들어주자.'라는 생각이 들어 근처 편의점으로 갔다. 그런데 그곳은 편의점인데도 간단한 식사를 할 수 있는 곳이었다. 아내는 토스트 나와 아들은 라면을 시켰고, 김밥을 한 줄을 더 시켰다. 그러면서 둘째에게

"요즘 많이 좋아졌네? 할머니하고 잘 지내지?"

우리 집은 2층 주택인데, 1층에는 둘째와 할머니가 살고 2층에는 우리 부부가 산다.

"할머니 잔소리가 만만치 않아요. 불 켜놓고 텔레비전을 보는데, 전기세 나간다고 막 뭐라고 하세요."

"할머니가 뭐라던데?"

"인생 여물게 살아야 한대요."

"하하. 정말 명언이네. 아빠 글에 넣어야겠다."

"그래, 맞아 할머니에게 좋은 것 배우네. 그런 할머니가 있었기에 지금 우리가 있는 거란다."

"요즈음 또 배려에 대해서 많이 생각해요."

"그래, 맞아 너 요즘 행동이 많이 바뀌었더라. 너만 알고 다른 사람 배려할 줄 모르는 것이 너의 단점이었는데, 요즈음은 다른 사람을 먼저 생각할 줄도 알고, 대단하다."

그러자 아들은

"칭찬은 고래도 춤추게 한다는 말이 있잖아요. 배려도 고래를 춤추게 하는 것 같아요. 배려하면 즐거워지는데, 몸이 먼저 그 즐거움을 아는 것 같아요."

"멋진 말이네."

편의점을 나오는데 아내가 말했다.

"여기 몇 번 더 와보아야겠어요. 울산에는 공단이 많은데, 공단 부근에 이런

편의점을 하나 낸다면 좋을 것 같네요. 아침을 먹지 못하고 출근하는 사람이 많다고 하는데, 그 사람을 상대로 장사를 해보면 어떨까 하는 생각이 드네요. 하지만 혼자는 못 할 것 같고 당신과 함께하면 좋겠어요."

"글쎄, 한번 생각해봅시다."

라고 말하며 식자재마트로 향했다. 식자재마트에는 다양한 물품이 있었고 가격도 저렴했다. 앞으로 한 번씩 이용하면 좋겠다는 생각을 하며 부식을 샀다. 돌아오는 차 안에서도 끊임없이 아내는 말을 쏟아냈다. 그것을 조용히 듣고 있던 아들은

"엄마 20분 째 지금 말하는 것 아세요?"

그러자 아내는 "와, 무섭다. 그것을 시간까지 재었니?"

대단한 아내와 대단한 아들이다. 아내와 아들과 함께 약 2시간가량 시장을 보고 집으로 왔다. 식탁 위에 사 온 음식을 내려놓자 식탁 위가 음식으로 가득 찼다.

"성호, 뿌듯하겠네?"

"예, 행복해요."

'그때 아! 이것이 행복이구나, 도서관에 간다고 집을 나섰다면 난 이런 행복을 놓쳐버린 것이 되는구나.'라는 생각이 들었다. 별것이 아닌 소소한 일이 별것이 되는 행복감. 우리가 가져온 것은 음식만이 아니라 추억과 행복도 같이 가져왔다는 생각이 들었다. 그리고 아내가 원하는 것을 들어주는 일이 곧 행복해지는 방법임을 알게 되었다. 어머니의 말이 생각났다.

"인생 여물게 살아야 한다."

쌀이 빈틈없이 단단하게 익듯, 삶도 빈틈이 생겨 행복이 헛되이 낭비 되지 않도록 '여물게' 살아야겠다는 생각을 했다.

남편은 무조건 아내 편이어야 한다

어제 아내가 일하는 직장으로부터 사람에게 상처를 입고 왔다. 아내의 얼굴은 잔뜩 짜증이 묻어있었다. 그리고 아내는 자신의 이야기를 들어주기를 원했다. 아내의 짜증스러운 말을 들으면 내 기분도 안 좋아질 것 같아 피하려는 생각도 들었다. 하지만 순간적으로 〈아내가 원하는 것 들어주기 프로젝트〉가 생각이 나서 진지한 마음으로 경청해주자고 마음먹고 아내의 말을 들어주었다. 아내는 눈물을 찔끔거리며 말을 했다. 아내의 말을 들으니 충분히 기분 나쁜 상황이 납득이 갔다. 그 화를 나에게 말하지 않았다면 아내의 성격상 병에 걸릴 수도 있겠다는 생각이 들 정도였으니. 이야기를 다 들어주니 아내는

"당신이 들어주고 알아주는 것만으로도 기분이 풀리네요. 내일 아침 밝은 모습으로 시작할게요."

난 아내의 편을 들어주고 그 사람이 문제라는 이야기를 해주었다. 왜냐면 아내는 그 사람이 잘못되었다는 이야기를 나에게서 듣고 싶었던 것이기에. 이것이 소통이다. 무엇이 옳고 무엇이 잘못되었는지를 따지는 것이 소통이 아니라는 이

야기다. 아내는 사람으로부터 상처를 받고 왔고 그것을 치료해줄 약이 필요했던 것이며, 그것이 자기편을 들어주는 사람이 있다는 것을 확인하는 것이다.

그 사람이 잘못되었을 수도 있고, 아내가 잘못했을 수도 있다. 하지만 지금 아내는 그 사람 때문에 무척 화가 난 상황이기에, 아내의 행동에 대해 있을지도 모를 어떤 부정적인 부분을 지적하여 아내를 이해시키려 했다면, 오히려 그것은 아내의 화(火)에 기름을 붓는 꼴밖에 되지 않았을 것이다. 그러면 대화가 끊기고 자칫하면 아내와 또 다른 불화의 시작이 될 수도 있게 된다. 과거에 그런 경우가 많았다.

사람이 살다 보면 대부분의 사람이 완전히 좋지도, 나쁘지도 않다. 단지 나와 맞는 사람과 맞지 않는 사람이 있을 뿐이다. 화나게 한 그 사람과 아내가 싸워본들 무슨 소용이 있으랴? 이겨본들 또한 무슨 의미가 있으랴? 그것은 '내리는 비를 그치게 하고야 말겠다는 쓸데없는 노력'일 뿐이다. 그 사람은 아내로 하여 절대 바뀌지 않으며, 아내 또한 바꿀 수가 없다. 그리고 그 사람은 아내의 인생에 중요하지도 않은 사람이다. 그런데 단지 그 사람 때문에 화를 내고 가족에게 히스테리를 부린다면, 그것은 미련한 일이다. 그럴 때는 그 사람을 무시해버리면 그만이다. 내리는 비는 우산 쓰고 피해 가면 그만이다.

남편은 아내와 둘이 있을 때는 무조건 아내의 편을 들어주어야 한다. 아내가 잘못된 부분이 있다면 큰 것이 아니라면 그냥 넘어가주고, 이야기해 주는 것이 아내에게 큰 도움이 된다는 생각이 된다면, 화가 풀렸을 때 조용히 지나가는 말로 한마디 툭 던져주면 된다.

오늘 아침 아내가 다시 웃는 얼굴을 하며, 운동하러 갔다. 그 모습에 난 "아자!" 하며 웃는 얼굴로 오른쪽 주먹을 높이 올려주었다.

행복의 질량

행복은 크기가 아니고 빈도다. 큰 즐거움이 한번 일어난다고 해서 내내 행복한 것은 아니다. 작고 소소한 즐거움이 자주 일어나는 것이 행복이다. 즉 빈도가 잦을수록 그만큼 느끼는 행복의 질량은 커진다는 말이다.

중부 도서관에서 글을 쓰고 있는데 아내에게서 전화가 왔다.

"당신 요즈음 너무 글에만 빠져 있는 것 아닌가요? 둘째와 함께 시간도 보내주지 않고."

전화를 받으니 아차 하는 생각이 들었다. 새벽 7시에 나와 저녁 10시까지 글에만 빠져있으니 아내의 말에는 약간의 불만이 묻어있었다. 순간 '내가 글을 쓰는 이유가 무엇인가? 행복해지자고 하는 일이 아닌가? 그런데 글을 쓰는 것이 아내를 불편하게 한다면, 무슨 의미가 있으랴? 그리고 〈아내가 원하는 것 들어주기 프로젝트〉가 생각났다. 이런 생각이 들자마자 바로 노트북을 접고 자리에서 일어나 집으로 갔다.

"혼자 집 치우기가 좀 힘이 드네요."

라는 말을 듣고 바로 집 치우기에 들어갔다. 먼저 둘째 방에 들어가니 방이 엉망이었다. 그래서 둘째와 함께 방을 치웠다. 떨어진 옷을 걸고 쓸고 닦아서 조금 과장하면 펜션 수준으로 만들어 놓았다. 그리고는 진작부터 해야겠다고 생각한 책상을 둘째 방에다 넣어주었다. 집 치우기가 대충 끝이 나자 둘째에게

"오늘 영화 보러 가자."

라고 이야기했더니 의외라는 듯이 쳐다보았다. 둘째는 영화를 아주 좋아한다.

"요즈음 재미있는 영화 뭐가 있나?"

"아빠, 지만갑이라고 '지금 만나러 갑니다'라는 아주 슬픈 영화가 요즈음 대세입니다."

"그래? 좋아 그 영화 보러 가자."

그렇게 해서 둘째와 영화 보러 나왔는데, 바람이 세차게 불어서 봄인데도 감기 걸리기 딱 좋은 날씨였다. '지만갑'은 죽은 엄마가 다시 살아와서 가족과 함께 행복한 장마철을 보내다 다시 떠나간다는 슬픈 영화였다. 하지만 슬픔에만 국한되지 않고 슬픔을 극복하고 해피엔딩으로 끝이 났다. 평소 비를 좋아하는 나였기에 영화 상영 내내 비 내리는 풍경이 좋았고, 비에 얽힌 스토리도 좋았다. 그리고 사랑이 비처럼 순수하게 그려져 옛 추억이 떠올려지기도 했다. 아주 슬픈 영화라서 눈물 좀 흘릴 거라는 둘째 말은 맞지 않았다. 잔잔하게 그려지는 장면들이 슬픈 아름다움으로 느껴졌다.

영화를 보고 난 뒤의 느낌은 한 편의 동화책을 읽은 기분이었다. 처음에 펭귄 동화로 시작을 해서인지 영화를 보는 내내 동심을 느낄 수 있어서, 나름 감동적이었다. 그리고 이 영화 같은 동화를 한번 지어보면 좋겠다는 생각을 해보

왔다. 동화 작가가 되겠다는 생각의 씨앗이 내 마음속으로 날아와 심어지는 것 같은 느낌이 들었다. '언젠가는 어른을 위한 동화를 꼭 지어보아야겠다.'

내가 좋아하는 글을 계속 쓰기 위해서는 아내의 지지가 절대적으로 필요하다. 자칫 인식하지 못하는 상황에서라도 가정에 소홀해서는 안 된다는 것이 나의 생각이다. 그래서 아내가 원하는 것은 무엇이나 즉시 들어주려고 한다. 오늘 아내가 시간이 나면 1층에 있는 테이블을 2층으로 옮겨달라는 이야기를 했다. 예전 같으면 미루고, 몇 번이나 독촉을 받고 나서야 움직였지만, 오늘은 말 떨어지기가 무섭게 바로 옮겨주었다. 아내는 감탄하였다. 그런 아내를 보고 여자는 이렇게 작은 일에 감탄한다는 생각을 하였다. 돈으로 비싼 선물을 사주는 것도 좋겠지만 생활 속에서 일어나는 작은 배려가 더 아내를 감동하게 하는 것임을 다시 한번 깨달았다. 아내가 원하는 것을 들어주고 중부 도서관에 와서 글을 쓰고 있는데 아내로부터 가족 카톡방에 행복이 가득한 얼굴을 한 사진과 글이 올라왔다.

"햇살뿌샵!

이게 다 너거 아부지 덕분인기라. 아들들아 알겠나! 여자를 편하게 해야 집안이 잘 되는기다. 명심하시오!'

행복이 저축되어 질량이 점점 더 늘어난다. 하루하루 행복의 이자는 덤이다.

알았어 나도 갈게

둘째 아들은 몸무게가 100kg이 넘는다. 그런데 운동을 하지 않는다. 그런 사실이 우리 부부를 속상하게 만든다. 아들도 살을 빼고 싶어는 하지만 생각대로 잘 안 되는 것 같다. 사실 글을 쓰는 나도 운동이라고는 하지 않아 아들 탓하기도 무리가 따른다. 아내는 다리가 좋지 않았는데, 교회에서 치유 기도를 받고 나은 후로 4년째 아침 운동을 하고 있다. 우리가 사는 집 앞에는 동산이 하나 있는데, 울산MBC 방송국이 있다. 운동하는 장소는 그 옆이다. 아침에 운동 갈 때 한번씩 같이 가자고 나에게 권유하지만, 이 핑계 저 핑계 대고 따라가지 않았다. 둘째도 마찬가지이다. 그런데 오늘 아침 운동하러 가는 아내를 보더니 둘째가 다짜고짜 "저도 운동 따라가고 싶어요." 라고 말하는 것이 아닌가? '살다 보니 이런 일도 다 있구나' 하는 생각이 들었다.

"그래, 같이 가자." 라고 말하면서 아내는 나를 보았다. 오랜만에 아들이 운동하러 가겠다고 하였으나 난 내키지 않아 못 본척하였다. 말은 하지 않았지만 나도 같이 따라 가주기를 바라는 것이 분명했다. 아내가 원하는 것 들어주기

프로젝트가 생각이 나서

"알았어. 나도 갈게." 하고 아내를 따라나섰다.

오랜만에 아들과 아내와 함께 산길을 걸어가니 기분이 상쾌했다. 벚꽃인지 매화인지는 모르겠지만 벌써 꽃이 피어있었고, 동백도 꽃망울이 부풀어 있었다. 어제 내린 비로 세상이 말끔하게 세수를 한 탓인지, 봄 동산의 아침은 너무 예뻤다. 봄기운을 받으며 걸어가니 아침 체조하는 곳이 나타났다. 벌써 10여 명이 둥그렇게 원 모양으로 모여 운동하고 있었다.

"와 경미 씨 가족이 다 왔네요."

"반갑습니다."

평소 아내와 함께 운동하던 사람들이라 나와 둘째를 반갑게 맞이해 주었다. 어색한 인사를 나누며, 우리도 한쪽에 끼여 체조를 시작했다.

이 운동의 리더는 78세의 나이가 의심스러울 정도로 젊으시다. 뒤에서 보면 20대로 착각할 정도이다. 몸도 유연해 보였다. 아내 말로는 그분은 최근에 고졸 검정고시를 준비하고 있는데, 아들이 대학에도 보내준다고 했단다. 세상에 이런 일이라는 방송 프로그램에 나와도 손색이 없을 것 같다고 생각했고, 정말 나이는 숫자에 불과하다고 생각했다.

아주 다양한 체조를 하는데, 체조하면서 외치는 구호도 특이하다.

좋은 기운 들온다. 하하하.

나쁜 탁기 나간다. 하하하.

우울증이 떠나가요.

위장 간장 웃는다.

하하하하 하하하하.

제3장
고마워요. 당신이 내 아내여서

부부에 대한 부정적인 말들이 많이 생기는 시대가 되었다. 이혼은 늘어나고, 휴혼, 황혼 이혼, 졸혼, 쇼윈도 부부 등 과거에는 쉽게 들을 수 없었던 말들을 자주 듣게 되고, 없었던 말까지 새로 생겨나곤 한다. 건강한 사회가 되려면 가정이 건강해야 한다. 글을 쓰는 나도 과거에 그리 행복한 삶을 누리지 못했다. 하지만 지금은 과거 어느 때보다 행복하다. 글을 쓰면서 어떻게 하면 행복한지 생각하게 되었고, 그 방법을 실행하니 정말 행복해졌다. 행복에 대한 정의는 아주 많다. 하지만 행복은 개인마다 느끼는 정도가 다르다. 내가 느낀 행복을 일반화하고 싶은 의도도 없다. 단지 이렇게 하니 행복해졌고, 이 글을 읽는 독자도 행복해지면 좋겠다는 생각에서 '아내와 행복하게 사는 방법'을 소개해 본다.

아내가 재혼한 남자

"돈 없어 못 하는 것은 할 수 없지만, 행복하게 살아가는 것은 내가 할 수 있다."

아내의 말이다. 돈이 없기는 예나 지금이나 별반 차이가 없다. 하지만 우리 부부는 재미있게 살아가고 있다. 예전에 나의 사업실패와 알코올 중독으로 인해 무척 힘들게 살았다. 우리 부부만이 아니라 아이들도 힘들었다. 우리를 지켜보는 노모도 우리를 보고 근심이 컸으며, 형제들도 안타까운 시선으로 바라다보았다. 하지만 지금은 아니다.

"세상에 우리보다 행복하게 사는 사람이 있을까요?"

아내가 이렇게 말할 정도로 지금은 행복하고, 삶의 활력이 넘친다. 어떻게 이렇게 바뀌었을까 궁금해 할 것이다. 우리도 궁금하다. 어떻게 살아가는 것이 이렇게 바뀔 수가 있었는지. 그래서 그 요인을 한번 생각해보기로 했다.

〈행복은 은행 잔고 순이 아니다. 그렇다고 아파트 평형 순도 아니다.〉

예나 지금이나 경제적 상황은 나아진 것이 없다. 결국 돈이 행복을 주는 것이 아니라는 이야기이다. 물론 돈이 행복을 줄 수도 있다. 하지만 그것은 잠시이며, 진정한 행복은 마음이 행복하다고 느낄 때 가능하다. 과거와 지금을 비교하여 달라진 점이 많지만, 여기서 두 가지만 소개를 하겠다.

첫째, 아내와 의사소통이 된다.

예전에 아내의 말은 무조건 잔소리로 들었다. 하지만 지금은 아니다. 아내의 말은 촌철살인과도 같다는 말을 아내에게 자주 해준다. 그러면 아내는 자신감을 가지고 더 많은 말을 한다. 그러면서 자연스럽게 사는 이야기, 우리에게 닥친 해결해야 할 문제 등의 의논이 가능해졌다. 예전의 우리 부부처럼 서로 소통이 되지 않은 부부가 많은 것 같다. 행복한 부부가 되려면 먼저 소통이 되어야 한다. 그러려면 마음의 문을 열고 끝까지 말을 들어주는 것에서 시작해야 한다.

살아가면서 사람들은 남의 이야기를 많이 듣는다. 돈을 들여서 공부하며 선생님의 강의를 듣기도 하고, 좋은 강연회가 있으면 시간을 내어 찾아가서 강의를 듣기도 한다. 회사에서 필요한 일이 있으면, 듣기 싫어도 들어야 하는 경우도 있다. 이렇게 다른 사람들의 말을 듣기 위해서 일부러 돈을 투자하고, 시간과 노력을 아끼지 않는다. 그런데 세상에서 제일 소중한 배우자의 말을 들어주는 데는 인색하다. 이것은 행복해지고 싶다는 생각이 없는 것과 같다. 소통하려면 먼저 말을 들어주라. 우리 부부의 경우 나보다는 아내가 말을 많이 한다. 예전에는 두 마디도 못 하게 말을 막았다. 잔소리라는 선입관이 내 귀를 막은 것이다. 귀를 열고 아내의 말을 들어주니 대화가 되었다. 행복하기 위해 돈을 투자하고, 듣기 싫은 다른 사람들의 이야기도 들어주는데 왜 배우자의 말을 들어주지 않는 것인가?

부부 사이에는 어느 정도 서로에 대해 파악을 하고 있다. 내가 어떤 말을 하면 상대방이 듣기 싫어하는지에 대해 알고 있다는 말이다. 서로 듣기 싫어하는 말은 가능하면 하지 않는 것이 좋다. 하더라도 간접적으로 하는 것이 좋다. 그리고 서로의 감정을 건드리지 않고 말해야 한다. 꼭 해야 하는 말이라면, 상대방이 기분이 좋을 때, 그것을 받아들일 수 있다고 판단이 되면 이야기하라.

말을 들어줄 때는 성실히 들어주어야 한다. 듣기 싫은 이야기라도 말을 자르지 말고 끝까지 들어주라. 그리고 그에 대한 자기 생각을 이야기하자. 자기 생각과 맞지 않는 부분이 있다면 감정을 개입하지 말고 논리적으로 설득을 해라. 부부 사이에도 협상이 필요하다. 협상이란 것은 일방적인 고집을 의미하지 않는다. 나의 가치와 상대방의 가치를 교환하는 것이 협상이다. 협상을 잘해야 서로 윈-윈의 대화가 가능해진다.

소통되지 않는 부부는 서로에 대해 잘 알고 있다는 편견이 있다. 그런데 아니다. 소통이 되지 않고 대화가 되지 않는데 어떻게 상대를 이해할 수 있을 것인가? 나도 아내와 대화가 되지 않을 때는 아내가 입을 열면 '또, 저 얘기구나.'라고 생각하며 귀를 닫았다. 하지만 지금 대화가 통하니 아내의 새로운 모습을 많이 발견하게 된다. 대화가 되고 나날이 아내의 새로운 생각과 모습을 발견해 나가는 것이 여간 재미있는 것이 아니다. 이런 상황에 대해 아내는 재혼했다고 표현하며, 이렇게 말한다.

"재혼한 남자가 너무 마음에 들어."

말이 통하는 나를 두고 아내는 재혼한 남자라고 이야기한다. 아내와 대화를 하면 많은 교훈을 얻는다. 아내는 세상에서 가장 내 편이다. 나를 잘 알고 있는 사람이다. 나의 장단점을 꿰뚫고 있는 사람이다. 내가 생각하지 못하는 것을 내 입장에서 이야기해줄 수 있는 유일한 사람이다. 물론 아닐 수도 있다. 내 생각과 다를 수도 있다. 하지만 많은 부분 내가 느끼지 못하는 부분을 아내와의 대화를 통해 깨닫게 된다. 아내가 이렇게 대단한 사람인가? 라는 감탄을 하게 된다. 하지만 아내는 평범한 사람이다. 남이 나에게 못 해주는 조언을 할 수 있는 것은 아내가 나에 대해서는 전문가이기 때문이다. 세상 어느 전문가도 해줄 수 없는 조언을 아내는 나에게 할 수 있다.

그런 이야기를 왜 듣지 않겠는가? 대화는 부부 사이에 금과 같은 것이다. 배우자와 함께 수다를 떨자. 그리고 함께 깔깔깔 웃어보자. 삶이 달라질 것이다.

둘째, 재미 찾기를 하자.

삶이 재미가 있으려면 재미를 알아야 한다. 어떤 것이 나를 재미있게 하는 것인지를 알아야 삶이 재미가 있다. 내가 찾은 재미를 아내와 함께 한다. 아내가 찾은 재미를 내가 함께한다. 재미를 공유하면 서로에 대한 공감대와 신뢰가 형성된다. 내가 찾은 재미는 텃밭 가꾸기이다. 우리 집에는 공터가 있다. 그것을 가꾸지 않을 때는 풀이 무성했고, 모기와 쥐가 들끓었으며, 주위 사람들이 쓰레기를 갖다 버려 악취가 났다.

그런데 텃밭을 가꾸면 재미가 있을 것 같다는 생각을 했다. 내가 먼저 텃밭을 가꾸기 시작했다. 처음에는 어떻게 가꾸어야 할지 몰라, 재배하기 좋은 것을 인터넷에서 찾아보았는데, 돼지감자가 죽지 않는다는 말을 듣고 모종 10개를 사다 심었다. 그다음에는 오이 모종, 가지 모종, 상추, 방울토마토, 양파, 파, 대파 등을 심었다. 그러다 보니 요령이 생겼고 재미가 있었다. 그러자 아내가 동참했다. 채소들이 자라나는 모습에서 생명의 경이로움을 느낄 수 있었고, 잡초를 뽑으며 삶의 지혜를 터득했다. 가꾸지 않으면 잡초 씨가 날아와 심어져 밭이 잡초가 무성하게 되었다. 텃밭에 조금만 관심을 가지지 않으면 잡초가 자랐다. 아내와 잡초를 뽑으며 이런 생각을 하였다.

〈서로에 대해 조금만 관심을 가지지 않으면 나쁜 생각의 씨가 날아와 자리를 잡는다. 잡초를 제거하는 것이 서로 대화를 하는 것이다.〉

텃밭을 가꾸다 보니 또 하나 재미있는 생각을 하게 되었다. 연못을 파는 것이다. 그래서 텃밭 한쪽에 웅덩이를 동그랗게 파고 물을 부었다. 그러자 물이 다 빠져나가 버렸다. 그래서 비닐을 깔고 물을 부었다. 하지만 마찬가지였다. 세 번째로 집에 있는 천막을 깔았지만, 별반 효과가 없었다. 그래서 인터넷을 검색해보니 방수 천막을 깔아야 한다는 것을 알았다. 웅덩이의 치수를 재고 바로 천막사로 달려가 방수 천막을 재단하여 웅덩이에 깔았다. 그랬더니 물이 새지 않았다. 그 연못에다 수련을 심고 금붕어와 잉어 새끼를 사다가 키웠다. 텃밭은 한층 운치 있는 곳으로 변했다. 가꾸지 않았다면 지금도 잡초가 무성해 있고 여름이면 파리, 모기가 들끓었을 것이다. 그런 곳을 재미가 가득하고, 생명력이 넘치는 예쁜 정원으로 만들었다. 그랬더니 쓰레기 버리는 사람도 없어졌다. 오늘 아침은 텃밭에서 뽑은 상추로 밥을 먹었다. 아내와 나는 너무 재미있게 사는 것 같다.

또 하나의 재미는 봄이 되면 아내와 하는 놀이가 있다. 바로 쑥을 캐는 것이다. 아내와 함께 울산 근교의 개울과 산을 돌아다니며 쑥을 캔다. 그 쑥으로 된장국도 끓여 먹고 쑥떡도 만들어 지인들과 나누어 먹는다. 아내와 함께 쑥을 캐면서 많은 대화를 나눈다. 봄 산이 물이 오르는 것을 함께 보기도 하고 가져간 음식도 함께 먹는다.

쑥을 캐는 것 이외에도 일 년 내 하는 것이 있다. 그것은 토요일이면 아내와 함께 바닷가나 근처 경주의 카페로 가서 함께 차를 마시며, 대화를 나누며 글을 쓴다. 그리고 사진도 찍어 가족의 카톡방에 올린다. 아버지 엄마가 사이좋게 행복하게 사는 모습을 아이들이 본다면 아들도 행복해지지 않을까. 우리가 찾은 재미라는 보물은 이외에도 아주 많다. 찾지 않으면 잡초 무성한 땅이 되지만 찾으면 그 땅은 재미 가득한 땅이 되는 것이다.

재미 찾기를 우리는 보물찾기라고 말한다. 삶에는 수도 없는 보물이 숨겨져 찾기만을 기다리고 있다. 불행한 사람과 행복한 사람의 차이는 그 보물을 찾느냐, 아니냐의 차이다. 찾고자 마음만 먹으면 언제든지 찾을 수 있는 것이 '재미 보물'이다. 오늘 아침 아내가 한 말이 가슴에 와 닿는다.

"돈 없어 못하는 것은 할 수 없지만, 행복하게 살아가는 것은 내가 할 수 있다."

부부 생활 공식 - 짜증 바이러스 예방주사

부부생활을 하다 보면 상대를 어느 정도 알게 된다. 무엇을 하면 어떻게 반응할 것이란 예상이 되며, 그것은 하나의 공식처럼 알게 되는 것이 있다. '내가 이런 말을 하면 상대가 화를 낼 것이다.'라든가 '화가 난 상대를 어떻게 풀어주어야 한다든가.' 하는 둘만이 알고 있는 것이 있다는 것이다. 그리고 화의 정도에 따라서 풀리는 시간이라든지, 하고 싶은 말은 상대가 어떤 기분일 때 하면 잘 들어준다든지 하는 것. 조금만 깊이 생각하면 불필요한 싸움을 피할 수 있다. 꼭 부부에게만 국한되는 것이 아니라 다른 가족들 사이에도 마찬가지로 적용되는 공식이 있다. 내가 어떤 것을 하면 아내나 아들이 좋아할 것이란 것을 알고 있다는 말이다.

아내가 아들에게 짜증을 내었다. 그러고는 마음이 편치 않았는지 나에게 하소연을 한다.

"생각은 안 그런데 왜 자꾸 짜증을 내는지 그런 내가 마음에 들지 않아요."

아내는 몸이 피곤하면 짜증 바이러스가 생기고 그것을 가족에게 전염시킨다. 예전에는 그 심리를 알 수가 없어서 나도 같이 화를 내곤 했다. 그러면 그것이 부부싸움으로 변해 서로 불필요한 에너지를 소비하는 결과로 이어졌다. 그런데 어느 순간부터 그 짜증 바이러스의 정체가 피곤함이라는 걸 알게 되었다. 아내는 피곤하면 짜증을 잘 내었다. 그것은 하나의 공식처럼 느껴졌고, 아내에게

"컨디션 관리를 잘해야 돼요. 당신은 피곤하면 주위에 있는 가족들에게 짜증을 내는 것 같아요. 그러면 다른 가족까지 기분이 안 좋아져요."

이렇게 조언을 해주곤 하지만 아내는 그것이 잘 안 되는 것 같다. 짜증이란 부정적인 안경을 쓰는 것과 같다. 그 안경을 쓰면 모든 것이 화가 나는 일로 보인다. 아내의 경우 피곤하면 그 안경을 쓰는 것 같고, 그러면 가족 모두의 기분이 나빠지는 경우가 종종 발생한다. 좋은 기분이 아내의 짜증 폭탄을 맞게 되는 것이다. 그것을 피하고자 오늘 아내에게 낮잠을 자도록 권유하였다. 보통 우리 부부는 아침 6시가 되기 전에 잠을 깼다. 나는 점심을 먹고 한 시간 정도 낮잠을 자기에 오후에도 피곤하지 않다. 그리고 밤 10시 정도가 되면 특별한 일이 있지 않는 한 잠을 잔다. 하지만 아내는 낮잠도 거의 자지 않을 뿐만 아니라 잠을 자는 시간도 밤 11시 이후이다.

젊었을 때는 체력이 받쳐주지만, 아내도 이제 중년이 되었고, 더 이상 예전처럼 체력이 뒷받침되어주지 않는다. 매일 운동은 하지만 밀려오는 피곤함은 어떻게 할 수가 없다. 그래서 아내에게 낮잠 자기를 권유했다. 낮잠은 징검다리와 같다. 하루라는 강을 건너기에는 24시간은 긴 시간이다. 중간에 징검다리를 밟으면 그만큼 건너기가 수월해지며, 그 징검다리가 낮잠이다. 어제는 나도 피곤하여 목이 부었고, 아내도 피곤하여 예민해져 있었다. 그런데 밤에 배가

고파진 아이가 음식을 먹으려고 그릇 소리를 달그락거렸고 그 소리에 아내가 잠을 깬 것이다. 평소 같으면 그냥 넘어갈 일이었는데, 피곤했던 아내는 주방으로 가서 아이에게 짜증을 부렸다. 아이는 갑작스러운 아내의 짜증 폭탄을 맞고 어찌할 줄을 몰랐다.

아침이 되자 아내는 자기가 왜 그랬는지 모르겠다며 나에게 하소연을 했다. 그때 난

"당신은 피곤하면 짜증을 냅니다. 그러니 컨디션 조절을 잘하거나, 피곤하면 쉬는 것이 당신이나 가족 모두에게 좋아요."

그렇게 말하고는 점심시간 즈음에 아내에게 전화했다.

"식사 맛있게 했어요?"

"예, 금방 먹었어요."

"그럼 그늘을 찾아가서 차 안에서 좀 쉬세요."

라는 말을 해주었다. 이것은 아내를 위한 일이기도 하지만 다른 가족들을 위한 말이기도 했다. 아내가 항상 그런 것은 아니지만, 나의 전화는 짜증 바이러스가 생기는 것을 원천 방지하기 위한 예방주사인 셈이다. 이런 전화는 서로 대화할 수 있는 횟수를 늘리기도 하기에 일석이조인 셈이다.

부부 생활을 어느 정도 하다 보면, 각자가 느끼는 그런 공식이 있게 됨을 알 수 있다. 그 공식을 잘 활용하면 불필요한 싸움을 방지할 수 있고, 보다 행복하게 살아갈 수 있다. 부정적인 공식만 있는 것이 아니고 행복하게 하는 공식도 있다. 공식은 수학에만 있는 것이 아니고 삶에도 있다. 그 공식을 잘 활용하는 것이 현명하게 사는 방식이다.

고양이와 커피와 토스트

이 시대를 사는 여자들은 피곤하다. 일과 가정 두 마리 토끼를 잡아야 하는 경우가 많으며, 전업주부라 하더라도 집안일과 육아를 동시에 하기도 쉽지 않다. 무엇 하나 만만한 것이 없다. 매일 같은 일을 반복하는 것에 지치기도 한다. 그럴 때는 혼자 밖으로 나가서 자신만의 시간을 가질 것을 권한다. 충전할 시간이 필요하다는 말이다. 일주일에 한 번쯤은 자신을 위한 시간을 내어야 한다. 먼 곳으로 계획된 여행도 좋지만, 그것은 미리 계획을 세워야 하고 매주 하기에는 시간상으로 무리가 따른다. 우선 쉽게 생각할 수 있는 것이 서점에 가서 책을 읽는다든지, 카페에 간다든지, 영화를 본다든지, 찾아보면 자신에게 맞는 어떤 것을 찾을 수 있을 것이다. 고생한 자신을 위해 위로해주는 충전의 시간을 가져야 세상을 살아갈 힘을 얻을 수 있다. "고생한 당신 떠나라."라는 말은 멀리 여행을 가라는 의미가 되기도 하지만 일상에서 잠시 벗어나라는 의미이기도 하다. 그래야 쉼을 얻을 수 있고, 그래야 객관적으로 자신의 삶을 되돌아볼 수 있게 된다. 충전되지 않는 핸드폰은 사용할 수 없다. 하물며 사람인데 왜 충전이 필요하지 않겠는가?

아내는 지금 혼자 바다로 가서 놀고 있다. 오늘도 가족 카톡에 사진이 올라왔는데, 웃는 모습이 너무 해맑다. 아내는 가끔 혼자만의 시간을 갖는다. 그리고 나도 그런 시간을 가지라고 적극적으로 권한다. 울산 바닷가에 가면 주전마을이 있다. 주전에는 '그냥'이라는 카페가 있는데 주인이 화가이다. 카페 옆에는 근사한 마당도 있는데, 고양이들이 한 10마리 정도가 산다. '그냥'이란, 낱말 '그냥'을 뜻하기도 하지만 고양이를 지칭하기도 한다고 한다. 지인의 소개로 그곳에 갔었는데, 내 정서와 너무 잘 맞았고 아내도 좋아할 것 같아 함께 간 적이 있다. 그때 아내는 그곳에서 파는 소품인 고무신 두 켤레를 주문하였다. 그 고무신은 주인과 친분이 있는 화가가 직접 그림을 그린다고 했다. 오늘, 전에 주문한 고무신을 찾을 겸 해서 '그냥' 카페에 갔는데 주인이 없었단다. 다음은 아내와 내가 주고받은 문자다.

"그냥 카페 사장님은 영천 놀러 가시고, 전화했더니 비밀번호 가르쳐 주셔서 난 빈집에서 고양이들과 차 한잔!"

"하하, 멋져요."

"당신 덕분에 좋은 곳 알게 되었네요. 고마워요."

"그것을 즐길 줄 아는 당신이 정말 멋져요."

"야옹이 다섯 마리와 놀다가 바다 보면서 커피 마시고, 토스트 먹고 있어요."

"정말 잘하고 있어요. 좋은 시간 보내고 오세요."

"그런데 이곳 주인은 저보다 한 수 위인 것 같아요. 손님 없다고 카페 닫고 혼자 영천으로 여행을 떠났다고 하네요. 그리고 한 번밖에 안 본 저에게 가게 비밀번호까지 가르쳐주고, 앞으로 자주 와야겠어요."

밤에 아내와 만난다면 바다와 고양이와 토스트에 관해서 이야기를 들을 수 있을 것이다. 함박웃음을 지으며 쉴 새 없이 떠들어댈 아내를 생각하면 괜히 즐거워진다. 별 것 아닌 일상이라 생각할 수도 있겠지만 이런 소소한 일상들이 아내에게 힘이 되는 것 같다. 아내도 누구 못지않게 바쁜 사람이다. 일요일을 제외한 6일을 일한다. 하지만 매일 운동을 하고 가끔 바다로 혼자 드라이브를 하는 시간을 갖는다. 그런 것들이 아내를 충전시켜 주는 것 같다. 살아갈 에너지를 주는 것 같다.

"일상에 지친 아내들이여, 자신을 데리고 나가 힐링을 시켜 주시라."

아내들은 사실 시간을 내기가 쉽지가 않다. 특히 아이들이 어리다면 생활이 아이 위주일 수밖에 없다. 그렇다고 자신만의 시간을 포기하면 안 된다. 찾으면 방법은 찾을 수 있다. 찾겠다는 의지가 문제라 생각한다. 자신만의 시간을 가지는 것을 습관화해야 한다. 그래야 스스로 행복해질 수 있고, 그런 행복을 가족들에게도 줄 수 있다. 혼자만의 시간을 가지기를 권하지만, 익숙하지 않다면 가까운 친구와 함께 하는 것도 괜찮을 거라는 생각이다. 자신을 사랑하고, 가족을 사랑한다면 스스로 행복해질 수 있는 시간을 만들어야 한다.

"아내가 행복해야, 가정이 행복하다."

부부 싸움은
절대 아이들 앞에서는 하지 마세요

아내와 경주 벚꽃 구경을 하러 갔다. 부풀어 터진 벚꽃은 사람의 마음마저 들뜨게 하기에 충분했다. 아내와 벚꽃 길을 가면서 천년을 이어온 경주의 숨결을 느꼈다. 경주 거리는 벚꽃만큼이나 도로에 자동차가 많았으며, 벚꽃만큼이나 사람들로 붐볐다. 아내는

"마치 신혼 때로 다시 돌아온 기분이네요."

라고 말할 만큼 즐거워했고, 그 모습을 보는 나도 기분이 좋았다. 손을 잡고 걷기도 하고 사진도 찍으며 따뜻한 봄날의 토요일 오후를 낭만 부부로 즐겼다.

벚꽃에 정신이 팔려 길을 걷던 중, 횡단보도 건너편에서 한 부부가 싸움을 하는 것이 보였다. 그 옆의 아들은 어찌할 줄을 몰라 안절부절못하고 있었다. 그때 아내가

"저러면 아이가 전쟁 속에 있는 것만큼이나 스트레스를 받는데."

하면서 걱정을 한다. 아내의 말을 들으니 옛날 우리 모습이 떠올랐다. 우리도 그런 시절이 있었다. 나에겐 잔소리에 민감하게 반응하는 트라우마가 있었

다. 언제 어떻게 형성되었는지는 알 수 없지만, 어느 순간부터 잔소리를 들으면 상식적이지 못한 반응을 했다. 아마도 아내와 직장상사의 잔소리 때문에 형성된 트라우마라고 생각한다.

가족여행을 떠나면 아이 둘은 뒷좌석에 아내는 운전하는 내 옆 좌석에 앉는다. 다른 가족들이 여행을 떠나는 것과 마찬가지로, 설렘과 기대에 부푼 마음으로 기분 좋게 출발한다. 차를 타고 가면서 아내와 이야기를 나눈다. 그런데 아내는 평소 내게 하지 못한 이야기를 하기도 했고, 그 말을 들으면 난 잔소리 트라우마가 도져 과잉 반응을 하였다. 그 당시 난 한참 술을 마실 때였고, 술을 마시고 돈을 낭비하는 내가 좋아 보일 리 없었다. 다른 아내들이 하는 것처럼 아내는 잔소리했고, 난 그런 아내의 잔소리가 듣기 싫었다. 그래서 새벽에 아내가 잠을 깨기 전에 집을 나왔고, 저녁에는 술을 마시고 취해 집에 가면 바로 잠을 잤던 시기였다. 그러니 아내는 평소에 나에게 하고 싶은 이야기가 많았지만 할 기회가 없었다. 그런 하고 싶은 이야기를 여행을 떠날 때면 아내는 하곤 했다. 좋은 이야기도 있었지만 내가 듣기 싫어하는 말도 있었다. 그런데 그런 말을 아내가 하려고 하면 두 마디도 듣지 않고 나는

"에이씨."

라고 하며 바로 핸들을 돌렸다.

"당신 왜 그래요? 내가 가만히 있을 테니 참아요."

아내는 틀어져 버린 내 기분을 눈치 채고 사태를 수습하려 했으나, 한번 틀린 심기는 회복되지 않았다. 아내가 아무리 사정을 해도 여행을 그만두고 집으로 돌아와 버렸다. 그런 일이 몇 번이나 있었다. 그때 내 기분만 생각했지, 아이들이 받게 될 상처는 전혀 생각하지 못했다. 그리고 화풀이를 아내에게 했다.

"그런 소리를 하면 내가 어떻게 반응할지 뻔히 알면서도 그런 말을 하나."

하고 화를 내며 문을 박차고 나가버렸다. 지나 보니 그런 일들이 몹시 후회된다. 아내에게도 미안한 일이지만, 여행을 간다고 들떠있었을 아이들의 기분은 어떠했을까? 몹시 상처를 입었으리라. 그땐 왜 그것을 헤아리지 못했을까? 지금 생각하면 몹시 미안하고 안타깝다.

길에서 싸우는 부부와 아들의 안절부절못하는 모습. 어른이야 의견이 맞지 않으면 싸울 수 있다지만 아이가 무슨 죄인가? 부부는 싸울 수도 있다. 하지만 아이가 보지 않는 곳에서 싸워야 한다. 상처 난 아이의 마음은 쉽게 고쳐지지 않고 심하면 트라우마가 되기도 한다. 또한, 그런 것을 무의식적으로 배우게 된다. 가족 여행을 갈 때마다 엄마 아빠가 싸우면 어쩌나 하는 걱정을 하게 된다. 이렇듯 부부싸움이 아이에게 미치는 영향은 생각 그 이상이다.

여행에서뿐만 아니라 일상생활을 할 때도 싸움은 있게 마련이다. 배우자와 의견이 맞지 않는다거나, 자신이 생각하기에 못마땅한 행동을 했다거나 할 때 화가 난다. 그것은 누구나 마찬가지이다. 하지만 그럴 때 아이들 있는 곳에서 싸우면 안 된다. 오히려 어떻게 화를 참는지, 어떻게 대화를 하는지, 어떻게 서로 화해를 하는지를 보여주어야 한다. 그래야 아이들이 사람 관계에서 화가 났을 때 어떻게 대응해야 하는지 그 방법에 대해 배울 수 있게 된다. 우리 아들이 이 글을 읽게 된다면

"그때는 정말 미안했다. 그리고 그때의 서운했던 마음을 잊지 말고 너희 아이들에게는 그런 상처를 남기지 말기를 바란다."

라는 말을 꼭 전해주고 싶다. 또한, 이 글을 읽는 독자들에게도 당부하고 싶다.

"절대 부부싸움은 아이들 앞에서는 하지 마세요."

앗! 아내가 '짜증주의보'를 발령했다

아내가 '짜증주의보'를 발령했다. 아내는 몸 상태가 좋지 않으면 짜증을 잘 낸다. 그 짜증이 과거에는 부부싸움으로 연결된 적이 많다. 일하고 피곤한 상태로 집에 들어가면 반갑게 맞이해주어야 할 아내가 오히려 짜증을 부린다면 좋아할 남편이 없다. 짜증이 잔뜩 묻은 얼굴과 말투로 나에게 지적을 하면, 나도 그와 똑같은 반응을 했다. 탁구공을 벽에 세게 치면, 그 강도로 튕겨져 나오는 것과 같은 맥락이다. 아내는 피곤의 정도에 따라 짜증의 강도가 결정되고, 나도 그 짜증의 강도에 따라 신경질적으로 반응을 하곤 했다. 어떤 때는 집에 들어갔다가 아내의 짜증에 화가 나서 다시 집을 나와 술을 마시러 간 적도 있었다. (물론 술을 끊기 전의 이야기지만)

아침에 일어나 피곤이 가신 상태에서 전날 싸운 상황을 다시 생각해보면, 정말 아무것도 아닌 일로 서로 에너지를 소비했다는 걸 알게 되고, 그때는 정말 허탈감마저 들었다. 언제부턴가 나는 아내의 컨디션에 대해 예민해졌고, 전화 통화 할 일이 있으면 쉬라는 말을 잊지 않고 하곤 했다. 그리고 아내는 자신이 피곤하면 먼저 우리에게 짜증을 낼 수 있으니 이해해달라는 당부를 했다. 오늘 아내가 '짜증 주의보'를 발령했다. 아내가 가족 카카오톡에 올린 글이다.

"홍익 김00 접근금지 주의보 발령합니다.

모처럼 휴일을 맞이하여 봄철 집 정리를 한 결과

제 육체가 예민해져 이유도 모르고 접근했다가

호되게 다칠 수가 있으니

눈도 마주치지 말고 피하시길 바랍니다.^^

일이 빨리 끝나 목욕탕에 다녀와 예상보다 빨리 주의보 해제를 할

가능성도 높으니 참고하시기 바랍니다~♡"

어제는 아버지 제삿날이라 오늘 새벽 2시까지 아내는 제사 뒷마무리를 했다. 그 후유증으로 몸살 기운이 있었는데도, 사전에 일정이 잡혀 있어 쉬지도 못하고 된장과 간장을 만들었다. 이와 같이 몸이 몹시 피곤한 상황이면 예전에는 예외 없이 우리 가족에게 짜증을 부렸다. 고생한 것을 이해는 하지만 그 짜증을 받아들이기에는 한계가 있었고, 참고 참다가

"고생한 것 아니까, 이제 좀 그만해!"

라고 소리치며, 신경질적으로 대응하곤 했다. 그런 일을 수도 없이 겪었던 터라 피곤하고 짜증이 나는 경우가 생기면 미리 알려달라고 한 것이다. 아내의 카카오톡 글은, 우리 가족에게 짜증을 부릴 수 있으니 미리 조심하라는 내용이다. 이런 아내가 너무 귀엽지 않은가? 이처럼 부부생활에서도 이와 같은 신호를 보낸다면, 불필요한 불화는 피할 수 있으리라. 그리고 아내는 자신의 호를 '홍익'이라 지었다. 널리 사람을 이롭게 한다는 홍익인간의 건국이념에 따온 말이다. 남을 도우며 살고 싶어 하는 홍익 김00, 아내에게 꼭 어울리는 호이다.

이처럼 부부싸움을 피해갈 장치를 사전에 협의해 둔다면 부부생활이 훨씬 더 행복해지지 않을까?

남편이 힘들 때 듣고 싶은 말 한마디

남편이 가장이라는 말을 흔히 한다. 하지만 살다 보면 아내가 가장 역할을 할 때도 있어야 한다. 요즈음처럼 경기가 어려울 때 많은 가장이 직장을 잃거나 사업에 성공하지 못해 어려움을 겪게 된다. 그럴 때 다시 가정을 지켜야 할 사람은 아내이다. 사업 실패는 후유증을 동반하게 된다. 금전적인 문제뿐만이 아니라 정신적인 문제도 동반하게 된다. 실패와 좌절에 빠져 휘청거리면, 그 문제에만 골몰한 나머지 주위를 돌아볼 수 없게 된다. 그때 중심을 잡아주어야 할 사람은 아내이다. 내가 실패하고 방황하며, 골방에 처박혀 있을 때, 아내는 항상 나에게 이렇게 말했다.

"당신을 믿어요. 당신 잘 할 수 있어요."

실직하고, 사업에도 실패한 나 자신을 스스로 용납하기란 쉽지가 않았다. 하지만 끊임없이 용기를 북돋아 주고, 믿고 기다리는 아내의 모습은 나에게 많은 힘이 되었다. 돈은 있다가도 없고 없다가도 생기기 마련이다. 하지만 정신 줄을 놓으면 더 이상 재기할 수가 없게 된다. 남편이 방황할 때, 아내가 중심을 잡아준다면 그 가정은 다시 일어설 수 있다. 하지만 아내마저 포기해버리면 희망이 없어진다.

"돈이 없으면 행복은 창문 너머로 달아난다."

라는 말이 있다. 하지만 아내는 그 창문을 닫을 수 있는 유일한 사람이다. 아내가 중심을 잡아준다면 남편은 다시 일어설 힘을 얻을 수 있다. 살아가면서 겪게 되는, 지나가 버리는 어려움의 한 조각에 불과할 수 있게 된다. 그 힘듦은 과거의 일이 되어 버린다. 남자에게는 책임감이라는 본능이 있다. 단지 회복하는 데 시간이 걸릴 뿐이다. 몸에 작은 상처가 나도 회복하는데 시간이 걸리는데, 하물며 사업 실패라는 큰 상처를 입었는데 어찌 회복하는데, 시간이 걸리지 않을 것인가. 시간이 약이다. 그런 시간을 아내가 벌어주어야 한다. 쉽지가 않겠지만 제일 힘든 것은 누구보다도 당사자이다. 그런 어려움을 아내가 이해하고 버텨준다면, 틀림없이 남편은 재기할 수가 있을 것이다. 그러면 보이지 않던 길도 생기게 된다.

살아보니 그렇더라. 실직과 사업 실패로 인해 좌절과 절망을 겪었지만, 아내가 믿어주고 기다려 주니 금전적으로 큰 성공은 못 했더라도, 다시 행복해질 수는 있게 되더라. 그런 아내가 무척 고마웠고, 만약 다시 재기하는 상황이 생긴다면 그때는, 어떤 방식으로라도 보상을 해주리라 마음을 먹게 되었다. 그리고 지금 아내를 행복하게 해주려고 노력하고 있다. 원하는 것이면 무엇이든 다 해주려고 하고 있다. 실패하지 않았다면 절대 먹지 않았을 마음을 먹게 되었다. 또한, 살아가면서 아내가 남편과 똑같은 어려움에 부닥쳤을 때도 남편은 아내를 기꺼이 도와주리라. 그것이 부부이다.

"당신을 믿어요. 당신 잘 할 수 있어요."

이 말은 '나는 당신을 사랑합니다.'라는 말의 다른 말이다.

지금도 어려운 상황에 부닥친 이 시대의 많은 남편이 있으리라. 그런 남편이 재기할 수 있도록 힘을 주는 것은 아내의 몫이다. 스스로 일어설 수도 있겠지만 옆에서 말 한마디라도 따뜻하게 해주고, 할 수 있을 거라는 격려의 말이라도 해준다면 없던 힘도 생기게 된다. 그것이 사랑할 줄 아는 아내의 모습이며, 그런 아내는 위대하다. 왜냐하면 아내의 그런 말 한마디가 절벽에선 남편의 생명도 살릴 수 있게 되는 것이기에.

봄 여행 - 과거를 어루만지는 여행

출발 전날의 설렘

내일(2018.04.03)은 아내와 둘째와 함께 여행을 떠날 계획이다. 거제도를 지나서 통영과 남해 그리고 화개장터와 최참판댁, 사성암, 상계사, 여수 등 1박 2일 일정이다. 매일 아침이면 어머니 콩나물 독을 시장으로 날라다 주는데, 하루만 작은형에게 부탁을 해두었다. 항상 그렇지만 여행을 떠나기 하루 전은 설렘으로 가득하다. 아내와 둘째도 그러하겠지. 큰아들과 함께 간다면 더 좋겠지만, 일하며 멀리 떨어진 곳에 있는 아들과 일정을 맞추기에는 어려움이 있어 세 명만 여행을 떠난다.

여행을 다니면서 계속 글을 쓸 생각이다. 이 여백과 마음의 여백에 어떤 추억을 가득 담게 될지. 우리 가족에게 잊을 수 없는 소중한 추억이었으면 좋겠다.

학동 몽돌해수욕장에서의 아내의 이야기

울산을 떠나 부산 신항을 거쳐 거가대교를 지나 거제도에 도착했다. 거제도의 바다는 울산의 바다와는 또 다른 느낌을 주었다. 첫 번째 목적지는 바람의 언덕이다. 풍차가 있는 곳에서 바다를 바라보는 전경을 기대했으며, 가는 동안의 벚꽃도 구경할 생각이었다. 가는 길목은 기대 이상이었다. 파란색 바다와 청명한 하늘과 연녹색으로 물이 오른 숲, 끝없이 이어지는 길가의 벚꽃은 연이은 탄성을 자아내게 했다. 운전해본 사람은 안다. 자신이 선택한 길을 가고 있을 때, 눈 앞에 펼쳐진 풍경을 보고 옆자리에 앉은 사람이 감탄하면 얼마나 어깨가 으쓱해지는 지를. 학동 몽돌해수욕장을 넘어가는 고개의 벚꽃은 탄성의 절정에 이르게 했다. 그 탄성은 혹독한 겨울의 추위에 떨었던 고통을 일시에 녹아내리기에 충분했다. 고개를 넘으니 학동 몽돌해수욕장이 나왔다. 분위기는 정자 바다와 비슷한 느낌이 났다. 그곳에서 잠시 휴식을 취하고 출발하는 차 안에서 아내가 말했다.

"이런 날이 올 줄 몰랐어요. 몇 년 전 옥동에 살 때 아사모(아이를 사랑하는 모임의 약자이며, 큰아들이 초등학교 1학년 때, 아들 친구 엄마 몇 명이 모여 결성된 계로 지금까지 이어져 오고 있음.)에서 여기에 온 적이 있었어요. 그때는 몸이 좋지 않아 차에서 내리지도 못했어요. 걸음도 제대로 걷지 못했죠. 그때 정말 힘들었는데. 당신이랑 여기에 오게 될지 어떻게 알았겠어요. 사람일 정말 모를 일이네요."

그 당시 난 사업이 제대로 되지 않아 매일 술을 마실 때였다. 집에도 잘 들어가지 않고 사무실에서 생활하던 힘든 시기였다. 그때, 아사모에서 이곳으로 여행을 왔다는 것이다. 빠질 수가 없어 함께 오기는 했는데, 나로 인해 몸과 마음이 만신창이가 되어 있을 때라 차에서 내리기도 힘들었다고 한다. 함께 온 사람이 걱정하며 안타까운 시선으로 자신을 대했는데, 정말 힘이 들었고, 자신이 초라하다는 생각을 했다고 한다. 그런데 지금 행복한 상황에서 아들과 남편과 함께 다시 이곳을 찾아오니, 감개가 무량한 모양이었다.

아내의 그 말을 들으니 문득 나비가 생각났다. 변태하기 전 구겨진 날개를 가지고 애벌레 속에 들어있던 나비와 화려한 날개를 가진 나비. 이제 아내는 차 안에서 구겨진 채 있던 애벌레 속의 나비가 아니라 화려한 날개를 가진 나비로 살게 될 것이다. 내가 그렇게 해주리라 마음먹었다.

"이번 여행 너무 좋아요. 신혼여행 때보다 더 좋네요." 라고 아내가 말을 했다. 그 말을 듣자. "그러면 이번 여행은 재혼 여행이네요." 하면서 함께 웃었다.

살다 보면 누구에게나 겨울바람 속에 내던져진 채, 추위에 떨어야 할 때가 있기 마련이다. 그 당시 나로 인해 가족 전체가 힘든 시기였고, 그 시기는 우리의 겨울이었다. 하지만 우리는 겨울을 잘 버텼고, 만발한 벚꽃처럼 행복한 봄을 맞을 수 있었다. 봄을 맞이하는 벚꽃이 꼭 우리의 모습을 상징하는 것 같다는 생각을 했다.

일정에 없었던 외도를 가다

목적지인 바람의 언덕 주차장에 차를 주차하는데, 옆에서 단체 여행을 온 많은 사람이 웅성거리는 것이 보였다. 무슨 일인가 알아보니 외도로 가는 선착장이 그곳에 있었고 10분 후에 출발한다는 것이다. 평일이라 예약하지 않아도 탑승이 가능한 상황이었기에, 아내가 외도에 가자고 이야기했다. 사실 외도는 일정에는 들어가 있지 않은 곳이었고, 탑승료만 3명이 8만천 원이었으며, 여행예산에도 들어가 있지 않아서 망설였는데, 아내는

"다른 곳에는 안 가도 되니 이곳은 꼭 가고 싶어요."

라고 말을 해 할 수 없이 가게 되었다. 외도로 가는 여객선은 해금강을 거쳐서 갔는데, 날씨가 쾌청하여 평소에 들어가지 않는다는 무인도인 해금강 속의 일부까지 들어갈 수 있었다. 무엇이나 밖이 보이는 것이 전부가 아님을 느끼게 해주었다. 배를 타고 보는 외부의 해금강도 멋졌으나, 내부는 더욱 웅장한 미가 있었다. 이제껏 보지 못한 암벽의 새로운 미를 보게 되어 신선했다.

출발하여 해금강을 거쳐 30분 정도 지나 외도에 도착했다. 외도는 말이 필요없을 만큼 아름답게 잘 꾸며져 있었다. 꽃과 나무와 조각으로 꾸며져 있어, 누구나 한 번은 꼭 가 보아야 할 곳이라는 생각이 들었다. 특히 날씨마저 화창하였기에, 외도에서 바라본 바다의 풍경도 외도의 멋진 모습과 더불어 오랫동안 가슴 속에 자리할 것 같았다.

외도는 비교적 따뜻한 지역에 있으며, 서구식으로 가꿔진 식물원이다. 주변의 수역은 한려해상국립공원이며, 이곳 바다에 홀로 있는 섬에 위치한 해상농원이다. 외도는 1969년 이창호와 그의 아내 최호숙 부부가 거주하면서 하나씩 가꿔졌으며, TV 드라마 겨울연가의 마지막 장면을 이곳에서 촬영하여, 한국은 물론 외국인에게도 유명해졌다.

1969년 7월 이창호는 이 근처로 낚시를 왔다가 태풍을 만나 우연히 하룻밤 민박을 한 것이 인연이 되어 1973년까지 3년에 걸쳐 섬 전체를 사들이게 된다. 거제도에서도 남쪽으로 약 4km 떨어진 곳에 있으며, 외도는 일 년 내내 꽃이 피어있다. 해양성 기후의 영향을 받아 한겨울인 11월에서 3~4월에도 아름다운 동백나무의 꽃이 피어있다. 이러한 온난한 기후로 인해 아열대성 식물 중 비교적 내한성이 강한 종려나무, 워싱턴 야자, 용설란, 유카, 유카리, 송엽국, 스파르티움 등이 별도의 보온시설 없이 실외에 심겨 있다. 그리고 약간의 분지 형태를 갖고 있어, 더욱 온난한 기후를 지니고 있다. 그래서 관광객들에겐 얼음

물이 필수라고 한다.

2003년 이창호 회장이 운명하였고, 아내 최호숙은 남편에게 시를 지어 받쳤는데, 그 시비가 외도 안에 만들어져 있었다. 아내는 그 시비를 보더니 "나도 당신의 시비를 이렇게 세워주고 싶어요." 라고 말하며 사진을 찍었다. 그리고는 외도에는 아내가 20년 전 둘째가 4살 때 사촌 모임에서 와본 적이 있다고 했다. 그때 받은 인상이 너무 좋아서 나에게 꼭 보여주고 싶어서, 아까 그렇게 오자고 졸랐다고 했다. 외도에는 여객선 일정에 맞추어야 하므로 1시간 30분 동안 머물 수 있었다.

여수 밤바다 케이블카

일정에 없던 외도에서 시간을 보냈기에 당일 가기로 계획했던 화개장터와 최참판댁은 내일 가기로 하고 바로 여수로 향했다. 여수를 선택한 이유는 순전히 '여수 밤바다'란 노래 때문이다. 얼마나 좋기에 노래까지 만들어 부르나 하는 생각이 들어 언젠가는 한번 가보아야지 생각하던 차에 이번에 가게 된 것이다. 거제도에서 통영을 거쳐 여수로 행했다. 밤이 내릴 즈음 이순신 대교를 지나는데, 여수 석유화학 공단 야경이 보였다. 울산에 있는 석유화학 공단 야경과는 달리 까만 밤바다를 배경으로 빛나는 불빛이 꼭 땅에 별이 내려와 박힌 것 같이 아름다웠다. 사전에 인터넷 검색을 하여 가고자 한 곳이 여수 돌산공원이었다. 케이블카를 타고 여수 밤바다를 보고 싶다는 생각에 그곳으로 가기로 한 것이다.

돌산공원에 도착한 시간은 저녁 7시 30분. 케이블카는 9시 30분까지 운행한다고 하였다. 주차장에 차를 대고 계단을 올라가는데, 계단에 빨간색의 하트가 그려져 사진을 찍었다. 그런데 밑에서 보면 계단의 하트가 보이지만, 위에서 내려다보면 하트가 보이지 않는 것이 특이했다.

케이블카를 타려고 표를 끊으려 하는데, 아들이 "아빠, 비싸요. 타지 말아요." 라고 말했다. 1인당 13,000원을 했고 3명이면, 39,000원이었다.

"아니, 여기에 케이블카 타고 여수 밤바다를 보러 왔는데, 안 타면 어떡해?"

아들이 이런 말을 한 것은 어릴 때의 기억이 떠올랐기 때문이다. 아이들이 초등학교 다닐 때, 가족 여행으로 무주에 있는 스키장에 간 적이 있었다. 그런데 생각보다 스키 체험 비용이 너무 비싸 4명이 모두 탈 수가 없었다. 그래서 두 명만 타려 했지만, 별 의미가 없어 타지 않은 적이 있다. 무주까지 가서 여관 방에 잠을 자고 밥만 먹고 온 기억이 난 것이다. 그래서 더욱 케이블카를 타야 했다. 과거의 우리 형편이 그랬다. 술을 마시고 돈을 무분별하게 써버린 내 탓에 가족들이 누려야 할 것을 돈이 없어 누리지 못한 것이다. 그것이 아이들에게 상처로 남아있음을 알게 되었다.

"괜찮아. 아빠 돈 많아." 라고 말하며 표를 끊고 케이블카를 탔다. 케이블 탑승 시간은 왕복 30분가량 되었다. 케이블카를 타고 내려다본 여수 밤바다는 어둠과 빛이 빚어내는 마술 같았다. 바다 위를 떠다니는 유람선이 거북선 대교 밑을 지나다녔고, 해안도로로 길게 뻗은 도시 불빛이 어둠에 묻힌 바다를 감싸고 있었다. 그곳에서 같이 오지 못해 아쉬웠던 큰아들과 화상통화를 하며, 여수 밤바다의 풍경을 보여주었다.

"정말 제가 재혼은 잘한 것 같아요. 두 번째 남편과 재혼 여행이 너무 멋져요."

케이블카 안에서 아내는 감탄조의 말을 연신 내뱉었다.

비 내리는 섬진강 풍경

잠을 돌산공원 인근에 있는 해수 찜질방에서 해결하고, 아침 8시, 사성암으로 출발했다. 사성암에서 섬진강과 구례를 내려다보는 사진을 인터넷을 통해 보았는데, 그 광경이 너무 아름다웠기에 꼭 한번 보고 싶어 그곳으로 결정을 한 것이다. 사성암 주차장에 차를 대니, 사성암까지 왕복하는 마을버스가 있었다. 그 버스를 타고 사성암 바로 밑에까지 도착하였고, 사성암에서 바라다본 섬진강 주변 경치는 사진보다 더 아름다웠다.

다시 사성암 주차장에 내려오니 비가 내렸다. 섬진강을 끼고 달리는 길은 온통 벚꽃 천지였다. 벚꽃이 눈처럼 내린다는 표현이 꼭 맞는 말이었으며, 만화영화에 등장하는 꽃이 날리는 장면이 연상되었다. 우리 가족은 만화영화의 한 장면 속으로 들어가서, 지리산 끝자락에 있는 섬진강의 봄 길을 달렸다. 또한 섬진강 건너편에 강변길을 따라 핀 벚꽃은 비가 내려 수채화 같은 풍경을 연출했다. 그렇게 달려 점심시간 즈음에 도착한 곳이 하동의 화개장터였다. 장터는 다리 하나를 사이에 두고 두 곳으로 나누어져 있었는데, 한 곳은 터를 잡고 장사를 하는 식당 촌이었고, 한 곳은 지리산 등지에서 채취한 약초와 산나물을 파는 곳이었다. 우리는 개화라는 식당에서 꼬막과 파전을 시켜 먹었는데, 가성비 만점을 주고 싶을 만큼 양과 맛에서 만족했다. 그리고 친절한 주인의 응대도 덤이었다. 점심을 먹고 다리를 건너 화개장터로 향했는데, 평일이고 비가 내리는 와중인데도 화개장터는 사람으로 넘쳐났다. 근처에서 산 비닐우산을 쓰고 다니며 구경을 했는데, 나뿐만 아니라 아들이나 아내 모두에게 비에 대해 잊지 못하는 추억으로 남을 것이다.

화개장터를 나와 향한 곳은 10km 정도 떨어진 박경리의 토지의 무대인 최참판댁이다. 예전에 이곳을 한번 와본 적이 있었는데, 그때와는 딴판으로 꾸며져 있었다. 예전에는 최참판댁 하나만 덩그러니 있었는데, 지금은 기념품 가게 등이 즐비했다. 그리고 소설에 나오는 등장인물의 집까지 꾸며져 있었다. 그곳을 보며 하나의 문학작품이 얼마나 위대한가 하는 생각이 들었다.

최참판댁을 나와 울산으로 향했다. 돌아오는 길은 비가 억수로 쏟아졌다. 안전운전이 최고라고 생각하여 60km 속력으로 천천히 달렸다. 그런데 남해고속도로 진주 부근에서 큰 사고가 난 광경을 목격했다. 우리가 달리는 맞은편 차선에서 큰 트럭 한 대가 가드레일을 들이받은 사고였는데, 뒤차가 사고가 난 그 트럭을 들이받아 찌그러들어 있었다. 그 운전사는 생명을 잃어버렸을 수도 있겠다는 생각이 들었다. 그리고 사람의 일은 언제 어떻게 될지 모르며, 할 수 있을 때 사랑하는 사람과 함께 해야 하고, 행복하게 살아야 한다는 것을 새삼 느끼게 되었다.

과거의 상처를 어루만지는 여행

이번 여행은 아내와 아들, 나, 세 명이 모두 만족하는 여행이었다. 힘든 세월을 이겨내고 봄을 맞이한 벚꽃 여행, 그 자체로도 즐거웠지만, 특히 의미가 깊은 것은 과거 힘든 상황과의 조우였다. 몽돌 해수욕장에서의 아내의 이야기와 케이블카 비용에 대한 아들의 이야기를 접하면서, 그런 과거의 상처를 어루만지는 기회가 되었다는 것이 아주 좋았다. 상처는 어떤 형태로든 남아, 현재의 삶에 영향을 미친다. 지금 행복하다고 해서 과거의 상처가 모두 없어지는 것은 아니라는 것을 느꼈고, 살아가면서 하나씩 어루만져주어야 모두가 진정한 행복을 누릴 수 있다는 것을 알게 되었다. 행복을 되찾은 후의 여행, 아내의 표현처럼 재혼 여행은 이후로도 행복한 삶의 상징처럼 우리 가족의 기억 속에 남아 있으리라.

당신은 어떻게 잔소리도
이렇게 지혜롭게 하지?

아내와의 사이는 과거 어느 때보다 좋다. 서로 소통이 되기 때문이다. 하지만 아이들과 아내는 아직도 소통이 제대로 되지 않는다. 나는 아내의 말을 재미있게 들어주는 것으로 마인드가 바뀌었지만, 아이들은 아직 바뀌지 않았기 때문이다. 요즈음은 아내가 아이들에게 잔소리를 시작하려고 하면 아내에게 신호를 준다. 그래도 계속하면 아내에게 주의를 준다.

"그만 하세요." 라고, 그러면 아내는 하던 말을 멈춘다. 소통이 중요하지만 들을 준비가 되어 있지 않은 사람에게 자신의 의견을 말하면 역효과가 난다. 예전에 내 경험으로 터득한 사실이다. 말에도 요령이 필요하다. 아이들의 마인드를 먼저 바꾸어 놓든지, 아니면 잔소리처럼 하지 말고 다른 방법을 모색해야 한다. 아이들의 행동은 잔소리한다고 절대 바뀌지 않는다. 바뀌지 않는 걸 알면서도 계속 말로 지적하면서 고치라고 한다면, 그것은 사이만 벌어지게 되는 결과로 이어진다. 또한, 꼭 필요한 말도 하지 못하게 된다.

말하는 데도 지혜가 필요하다. 말에 감정이 섞인다면, 반응도 감정이 섞일 수밖에 없다. 잔소리를 어떻게 규정할 것인가? 집안마다, 사람마다 다를 것이다. 일단 우리 집의 경우 아내의 잔소리는 듣기 싫은 말이고, 하기 어려운 행동을 고치라는 것이 대부분이다. 아내의 잔소리가 시작되면

"그만 하세요. 또 같은 소리예요?"

라고 말하면 아내는

"듣기 싫으면 안 하면 되지요."

라는 말을 한다.

하지만 고칠 수 있는 것이면 애초에 그런 행동을 하지도 않는다. 내가 매일 듣는 잔소리는 살을 빼라는 이야기와 담배 피우지 말라는 이야기이다. 두 가지 모두 쉽지 않다. 특히 살을 빼라는 말은 자신도 잘하지 못하는 것이다. 하지만 매일 아내는 습관적으로 그 소리를 한다. 그래도 내 마음은 잔소리에 대해서 오픈이 되어있기 때문에 넘길 수 있다. 하지만 아이들은 아직도 클로즈 마인드이다. 어렸을 때야 엄마 잔소리에 대해 마지못해 말을 따르는 시늉이라도 했지만 20대 중반인 청년들이 엄마의 잔소리를 그대로 따를 리 만무하다.

"또 그 소리."

라는 시큰둥한 반응이다. 아내가 아이들에게 매일 하는 잔소리는 교회 다니라는 말과 살 빼라는 말 등이다. 아이들이 개방적 사고가 되어 있지 않으면 매일 듣는 그 소리가 짜증이 날 수밖에 없다. 나에게도 교회 다니라는 말을 귀에 못이 박이도록 했기에, 마지못해 교회에 나가고 있다. 하지만 아이들은 다르다. 그것은 강요로밖에 들리지 않는 것이다. 강요로 순간적인 효과를 발휘할 수 있지만, 자신 스스로 필요성을 느끼지 못한다면 절대 따르지 않는다.

아내의 경우 원칙을 소중하게 생각하는 사람이다. 조금만 원칙을 벗어나도 지적을 한다. 어떤 때는 잔소리 세포가 있는 것 같다는 생각이 들 정도다. 그래서 아내가 아이들에게 지적할라치면 재빠르게 신호를 주어 제지하는 것이다. 안 그러면 집안 분위기가 냉랭해진다. 그런 상황을 누구도 원치 않기 때문에 아내에게 잔소리하지 말 것을, 나도 끊임없이 신호를 주기도 하고 직접 말로 잔소리(?)를 하기도 한다.

어떤 때는 이해가 안 될 때도 있다. 같은 한국말을 하는데도 어떻게 저렇게 소통이 되지 않을까 하는. 그 원인은 아내도 잔소리를 습관적으로 하고 아이도 귀를 닫아버리는 것이 습관이 되어있기 때문이다.

자신이 하고 싶은 말이 있으면 먼저 살펴야 할 것이 상대방이 들을 준비가 되어 있는지 여부이다. 아예 글로 써서 주는 것이 더 효과적일 때도 있다. 아내는 잔소리하는 것이 가족을 사랑해서라고 말하지만 난 절대 그렇게 생각하지 않는다. 그것은 말로 화를 내는 것일 뿐이다. 잔소리로 행동이 고쳐진다면 우리나라는 천국이 되어있어야 한다. 불필요한 잔소리로 집안 분위기를 깰 것이 아니라, 정말 하고 싶은 말이라면 신중하게 하는 것이 필요하다. 그래도 난 아내의 잔소리마저 글을 쓸 소재로 삼으니, 잔소리가 싫은 것만은 아니다. 하지만 아이들은 아니다.

〈차라리 못 하는 것을 지적하기보다는 잘하는 것에 대해 칭찬을 해주는 것이 더 낫지 않을까?〉

사람에게는 잘하는 일과 잘하지도 못하지도 않는 일과 못 하는 일이 있다. 보는 관점을 바꾸어 못하는 것을 지적하는 것 대신에 잘하는 일에 대해서 칭찬을 해주면 어떨까? 또한, 잘못하는 일마저 잔소리 대신 칭찬을 해준다면(칭찬을 해주어도 잘못한 일은 자신이 더 잘 알고 있다.) 어떻게 될까? 만약 신발을

구겨 신는다면,

"우리 아들은 어떻게 신발도 이리 잘 구겨 신을까? 신발이 아들에게 고마워해야겠네."

이렇게 말한다면 아들도 신발 구겨 신는 것에 대해 최소한 다시 한번 생각해보는 계기가 되지 않을까? 만약 담배를 피우는 나에게 '담배 피우지 말아요.' 하는 말보다.

"당신 폐는 진짜 대단해요. 몇십 년이나 매연을 마시고도 아직 폐암에 걸리지 않은 걸 보면."

그렇게 말한다면, 최소한 내 몸에 대해 다시 생각해보는 기회가 될 것이고, 아내의 폐에 대한 칭찬을 매일 듣다 보면 어느 날인가 진짜 내 폐를 위해 담배를 끊게 될지도 모를 일이 될 것이다.

같은 의미라도 조금만 더 지혜롭게 하면 잔소리가 아닌 생활의 활력이 될 수도 있을 것이다.

"당신은 잔소리도 어쩜 이렇게 지혜롭게 하지?"

오늘 가서 아내에게 이 말부터 해보아야겠다.

고마워요
당신이 내 아내여서

누군가의 마음을 헤아린다는 것은 쉽지 않은 일이다. 아내가 출근 준비를 하며, 옷을 하나 주면서

"봄이 되었으니 좀 가볍게 입고 나가야겠어요. 이 옷 좀 다려줄래요?"

"그래요. 오늘 날씨도 많이 따뜻해졌으니 이 옷 입고 나가면 딱 맞겠네요."

아내에게서 봄옷을 받아 주름진 옷을 다림질로 펴고 있는데, 아내가 어제 들은 뉴스 이야기를 했다.

"모녀가 자살한 뉴스 들어봤어요?"

"예, 남편이 죽자 생활고를 못 이겨 딸과 함께 죽었다는 이야기 말이죠? 어제 나도 인터넷 뉴스로 봤어요."

"저도 그 뉴스 보고 당신이 무척 감사하게 느껴졌어요. 당신도 어려움이 많았을 텐데, 그것을 잘 이겨내어 주었기에 오늘날 우리 가족이 행복하게 살 수 있다는 생각을 했어요."

그 말을 듣고 아내는 내가 힘들었을 때를 생각하며, 내 마음을 헤아려준 것이다. 직장을 그만두고 사업에 실패하고, 중소기업을 들락거리며 힘들었을 때, 알코올 중독에 빠져 정말 죽고 싶다는 생각을 많이도 하였다. 그렇지만 난 자살을 실행에 옮기지는 못했다. 그때 만약 죽었더라면 어찌 되었을까 하는 아찔한 생각이 들었고, 아내는 그때의 내 마음을 헤아려준 것이다.

힘든 것은 나만이 아니었다. 그 당시 경제적으로 궁핍했고, 매일 술만 마시는 나와, 말을 듣지 않은 애들 때문에 아내는 지옥 같은 삶을 살았다. 나의 고통은 어차피 내가 짊어지고 가야 할 몫이지만, 자신을 그렇게 힘들게 만든 나에게 감사하다는 말을 한다는 것은 쉽지 않은 일이다. 아내보다는 내가 오히려 감사하다는 말을 입에 달고 살아야 할 일이다. 다른 사람 같으면 이혼을 선택했거나, 우울증에 걸려 고통을 받을 수도 있는 상황이었다. 그런데 그런 정신 못 차리는 나를 믿고 참아주었으니 내가 얼마나 감사할 일인가. 그런데 나에게 감사하다니.

두 모녀의 죽음은 정말 안타까운 일이다. 그 남편은 오죽 힘들었으면 극단적인 선택을 했을까? 벼랑 끝에 서보지 않은 사람은 도저히 이해하기 어려운 일일 것이다. 하지만 그 선택은 정말 잘못된 선택이었다. 가족을 두고는 해서는 안 되는 선택이었다. 세상을 살다 보면 정말 힘이 들 때가 있다. 다는 아니지만 많은 사람이 자살 충동을 느낀다. 하지만 그렇다고 모든 사람이 죽지는 않는다. 아무리 힘든 상황이라도 다 지나가게 되어있다.

돌이켜보면, 내가 죽도록 힘이 들었을 때의 그 일이 지금도 나를 힘들게 하지 않는다. 상황은 변하기 마련이고 사람 일은 모르는 것이다. 하나님이 인간을 만들 때 고통 속에서만 살라고 만들지는 않았다. 하나님이 사람의 인생을 설계할 때, 행복이 존재하는 방과 불행이 존재하는 방을 만들었다고 난 믿고 있다. 그리고 두 개의 키를 주어 스스로 선택하게 했다. 어떤 방을 선택하느냐는 것은 순전히 자신의 몫이다. 힘든 상황에서도 행복의 방을 열 수 있고, 즐거운 상황에서도 불행의 방을 열 수 있다. 그것은 생각을 어느 쪽으로 하느냐의 문제이다. 행복한 생각을 하면 행복해지며, 불행한 생각을 하면 불행해진다. 당장 문이 열리지는 않겠지만, 행복한 생각을 계속하면 행복한 이유를 찾게 되고 결국에는 행복해진다. 불행도 마찬가지이다.

내가 불행하다고 생각하며 자책을 하는 동안 한 것은 술을 마시며 잠을 자는 것 이외에는 할 수가 없었다. 잠을 잘 때도 악몽을 꾸었으며, 깨고 난 뒤에도 또 힘듦의 시작이라는 부정적인 생각을 했다. 그런 부정적인 생각은 결코 나를 행복하게 바꿀 수 없었다. 그런 시간이 참으로 오랫동안 지속이 되었고, 지금 생각하면 참으로 억울하다는 생각을 한다. 그때 난 왜 행복을 찾지 못했을까? 그때도 찾기만 했다면 행복한 이유가 많았는데. 나에겐 세상 어떤 것보다 소중한 가족이 있었는데, 그런 보물을 가지고 있으면서도 왜 행복한 것이 없다고 생각했을까? 그것은 찾지 않아서였다. 찾고자 하면 얼마든지 찾을 수 있는 것이었는데도, 찾을 생각을 하지 않았기 때문이다. 성경 말씀에 그런 구절이 생각난다.

"찾아라. 그리 하면 찾을 것이요."

이 말은 절대 진리이다. 행복을 찾으려면 행복이 찾아지고, 불행을 찾으려면 불행이 찾아진다. 가장의 죽음으로 삶의 의욕을 잃은 아내와 그 딸의 자살. 그들은 왜 행복할 수 있는 것을 찾지 않았을까? 세상에는 많은 비슷한 경우가 있지만, 모든 사람이 이들과 같은 결정을 하지는 않는다. 두 사람이 서로의 빈자리를 채워주며 살아갔다면, 시간은 흘러가기 마련이고 흐르는 시간이 약이 되어 '그 힘듦을 극복할 수 있지는 않았을까?' 하는 안타까운 마음이 든다. 힘듦은 누구에게나 똑같다. 누구는 더 힘들고, 누구는 덜 힘들고 하는 것이 의미가 없다. 누구에게나 자신의 힘듦이 가장 아픈 것이다. 내 발등에 떨어진 불이 가장 뜨거운 것이다.

세상에는 이 두 모녀와 비슷한 환경에서 골똘하게 죽음을 생각하는 또 다른 사람이 많을 것이다. 그들에게 말하고 싶다.

"그래도 행복한 이유를 한번 찾아보라. 찾고자 하는 마음만 있으면, 시간이 걸리더라도 분명 찾을 수 있다."

아내의 옷을 다림질하며 나로 인해 많이 움츠러들었을 아내의 마음에 생긴 주름도 같이 펴주어야겠다는 생각을 한다.

"고마워요. 당신이 내 아내여서."

꼼꼼이 아내와 대충이 남편

울산 MBC 방송국은 야트막한 동산에 위치하고 있다. 이곳에서 내려다보면 가까이는 중구 시내와 멀리는 태화강과 남구 시가지까지 보인다. 봄에는 벚꽃이 화려하고 여름이면 소나무 그늘이 시원하다. 어릴 때부터 이곳은 개구쟁이들의 놀이터였다. 나무를 타기도 하고, 무덤 옆으로 펼쳐진 잔디에서 미끄럼을 타기도 했다. 이곳에는 활을 쏘는 곳도 있어 놀다가 심심하면 활 쏘는 것 구경도 했다. 그런데 어느 시점이 되자 MBC 방송국이 들어선 것이다.

지금 어린 시절의 추억이 잔뜩 담긴 이곳에서 글을 쓴다. MBC 방송국 입구에는 테이블이 있어 글을 쓸 수가 있다. 인터넷이 되는지 켜보니 와이파이까지 된다. 로또를 맞은 기분이다. 이제 글 쓸 곳이 마땅한 곳이 생각나지 않으면 이곳으로 와야겠다. 새소리까지 들리니 자연 속에서 글을 쓰는 재미있는 경험을 한다. 새소리는 도시 소음과는 다르다. 전혀 싫지가 않고 귀로 맡는 향기라는 생각을 한다.

MBC 방송국 옆에는 운동기구가 설치되어 있고, 전문 강사의 지도 아래 체조를 하는데, 매일 아침 아내는 그곳에서 운동한다. 아내가 운동하고 집으로 돌아오면 30분 이상은 둘이 수다를 떤다. 그런데 오늘은 평소보다 내가 일찍 집을 나섰기에 운동하고 돌아오는 아내와 수다를 떨지 못할 것이라는 생각이 들었다. 그것이 못내 아쉬워 아내가 운동하는 MBC 동산으로 올라온 것이다. 아내에게 전화하니 받지 않아 노트북을 켜두고 글을 쓰는데 전화가 왔다. 자기가 운동하고 있는 곳으로 올라오라고 한다. 나는 글을 쓰기 시작했는데 가지 않겠다고 하자 기어코 내 고집을 꺾는다. 올라와서 함께 사진을 찍자고 한다. 전화를 끊고 나니 이마로 스치는 봄바람이 잔잔하게 시원하다.

함께 운동을 한 두 분과 같이 동산을 내려와, MBC 방송국 입구에 있는 편의점에서 커피를 한 잔 나누었는데, 청소에 관련된 책 이야기를 하다가 화제가 자연스레 설거지하는 것으로 이어졌다.

평소 아내와 나는 청소나 정리하는 것에 있어 스타일이 극과 극이다. 난 대충하는 반면 아내는 안 하면 아예 안 하든가, 하면 완벽하게 하는 스타일이다. 설거지도 마찬가지이다. 내가 하면 10분도 걸리지 않을 설거지를 아내가 하면 최소한 한 시간은 걸린다. 그러다 보니 아내의 오전 시간은 금세 지나가 버리는 것이다.

그런 아내를 도와주려고 내가 설거지를 하려고 하면 아내는 옆에 붙어서 잔소리를 한다. 세재는 이것으로 하고, 씻을 때 수세미는 이것으로 하고, 헹굴 때는 이것으로, 물기는 이 행주로 닦고 밥그릇은 여기에, 국그릇은 여기에 놓고 등등 끊임없이 이어진다. 또한, 다 씻은 그릇을 들고

"여기에 기름기가 묻어있네. 이러면 내가 다시 씻어야 하잖아요."

등등 끝이 없이 입을 댄다. 듣고 있으면 짜증이 막 생겨서

"그러면 잘 씻는 당신이 씻어요."

하고 나가버리기 일쑤다. 그러다보니 설거지를 하고 싶은 마음이 싹 가셔버렸다. 어느 시점이 되니 아내도 내가 한 것을 또 하느니, 자신이 하는 것이 더

낫다고 생각했던지 설거지를 하라는 말을 하지 않았다. 청소도 마찬가지이다. 이렇다보니 둘 다 타협점이 생기지 않아 아내는 청소와 설거지를 하느라 시간을 다 보내고, 난 도와주지 않는 남편이 되어버렸다. 그런데 최근에 평소에는 잘 하지 않던, 설거지를 해달라는 부탁을 한 것이다. 알고 보니 그 부탁은 같이 운동하러 나온 아주머니의 코치를 받아서 말한 것이었다. 며칠 전 그 아주머니는 아내에게 이런 말을 하였다고 한다.

"남자도 설거지 정도는 해야 한다. 좀 깨끗하게 하지 않으면 어떤가? 기름기가 그릇에 조금 묻어 있으면 어떤가? 하다보면 요령이 생겨 잘 하게 된다."

나도 그 말이 백번 지당하다는 생각을 한다. 사람들은 모두 자신의 스타일이 있기 마련이다. 그런데 그 스타일이 자기와 맞지 않는다고 짜증을 부린다거나 자신의 스타일로 바꿀 것을 요구하면 일이 제대로 되지 않게 된다. 꼼꼼이 아내와 대충이 남편의 조화는 세월이 흘러도 쉽지가 않다. 하지만 아내도 나도 부족하거나 지나친 부분을 이런 식으로 양보하며 조화를 이룬다면 참 좋을 것이란 생각이 들었다. 각자의 삶의 스타일이 부딪히는 일은 꼭 청소와 설거지에만 국한된 이야기가 아니다. 삶의 스타일이 서로 부딪힐 때마다, 상대의 스타일을 존중해주고 부족한 점은 보완하는 방향으로 조화가 된다면 삶이 무척 편해진다. 부부란 그런 것 같다. 내가 편해지면 그 혜택은 아내가 보게 되고, 아내가 편해지면 그 혜택은 내가 보게 되는 것이다. 그렇기에 상대를 편하게 해주는 것이 곧 내가 편해지는 방법이다.

아내와 아주머니들과 헤어지고 집 근처에 있는 약숫골 도서관으로 와서 글을 쓰는데, 아내에게서 전화가 왔다.

"당신 오늘 너무 멋졌어요. 아주머니들이 남편 너무 좋다는 이야기를 하네요. 다 내가 복이 많답니다. 하하하."

전화기 너머에서 행복해하는 아내의 웃음소리가 봄 햇볕처럼 따뜻하다.

당신 탓이 아니야

예전에는 나 자신을 합리화하기 위해 안 좋은 일이 생기면 아내 탓을 많이 했다.

"모든 것이 당신 때문이야."

돌이켜 생각해보니 그건 아내 때문이 아니었다. 아내보다는 내 탓이 더 많았다. 사람은 많은 경우에서 책임을 피하고 싶어 한다.

"소나기는 피해가라"

는 말처럼 어떤 문제가 발생했을 때, 우선은 책임을 피하고 난 뒤에 그것을 합리화하려는 대책을 세우려고 한다. 또한, 자신의 책임을 남에게 전가하면서 자신은 불이익을 받지 않으려 한다. 다른 사람은 어떻게 되든 말든 자신만 다치지 않으면 괜찮다는 이기적인 발상의 결과다. 대통령까지 한 이명박도 자신은 모르는 일이고 아랫사람이 알아서 한 일이라고 책임을 피하려 했고, 박근혜도 세월호와 관련해서 자신은 책임이 없다는 억울함을 말한다. 책임회피는 문제의 근본을 왜곡하는 일이다. 문제의 해법을 다른 곳에서 찾으려 한다면 결코 그 문제를 해결할 수 없다.

반대로 모든 것을 자기 탓으로 돌리는 사람도 있다. 자신과는 별 상관이 없는 일을 과대 해석해서 자기 때문이라고 자책을 하는 것이다. 특히 부모의 경우 자식이 잘못된 것을 전부 자신의 책임인 양 인식하기도 한다. 책임회피가 문제를 해결할 수 없는 것처럼, 자책 또한 문제를 해결할 수 없는 일이다.

"다 내가 그때 못 해줘서 그런 것 같아요."

청년이 된 아들이 잘못한 점이 보이면 아내는 이렇게 자책한다. 예전에 내가 술을 마실 때

"당신 잔소리 때문에 술 마시는 거야."

라고 책임을 회피한 것과 반대의 경우이다.

사람은 누구에게나 부족한 점이 당연히 있기 마련이고, 아들이 부족한 부분은 다른 사람이 가진 부족한 부분과 종류가 다를 뿐이다. 부족한 부분도 있지만, 아들은 장점도 많이 가지고 있다. 이것은 우리만이 아니라 많은 부모와 자식에게도 공통으로 적용되는 부분이다. 가끔 대화하는 중에 아내가

"그때 내가 이렇게 했더라면 더 좋았을 텐데. 이렇게 된 것은 다 내 탓입니다."

라는 말을 하곤 한다. 그럴 때마다 나는

"당신 탓이 아닙니다."

이렇게 이야기해준다. 부모는 전지전능한 사람이 아니다. 그리고 자녀들은 독립된 개성을 가지고 있다. 부모의 영향도 많이 받겠지만 살아가면서 경험하는 많은 일들에서 영향을 받으며 어른이 되어 간다. 아이가 잘못했다고 해서 모든 책임이 부모에게 있다는 발상은 전적으로 옳지 않다. 조건 없는 책임 회피도 문제겠지만, 조건 없는 자책도 문제가 된다. 문제가 생긴다면 본질을 바

라보아야 해결책이 나온다.

그리고 가능하면 난 아내 탓을 하지 않기로 했다. 과거는 돌이킬 수 없고, 자책만 한다고 상황이 좋아질 리 만무하다는 걸 알기 때문이다. 자책에 동조하기보다는 차라리 더 나은 방향으로 나아갈 방법을, 서로 의논하는 기회로 활용하고 싶다. 왜냐하면 지나온 과거보다는 살아갈 미래가 훨씬 더 중요하기 때문이다. 당신 탓이 아니라고 말해주는 것은 의기소침한 상대방이 다시 힘을 얻고 시작할 힘을 준다. 앞으로도 만약 아내가 자책하며 "내 탓이야"라는 말을 한다면 난 아내에게 이렇게 말해주리라.

"절대 당신 탓이 아닙니다."

화이트 데이 아침에

봄 햇살이 오리 날개 속 털처럼 부드럽게 텃밭에 가득하다. 새벽에 콩나물시루를 싣고 시장에 가는 차 안에서 어머니는 토란을 심는다고 텃밭의 흙을 뒤져 달라고 부탁했다. 시장에 다녀와서 장화를 신고 텃밭으로 들어가 대파를 뽑고 텃밭을 뒤졌다. 그리고 대파를 다듬는데 아내가 아침 운동을 간다고 마당으로 나왔다. 아내와 파란 나무 벤치에 앉아 잠시 이야기를 나누는데 햇살이 싱그러웠다. 아내는 운동을 하러 가고, 나는 작년에 만든 미니 연못을 청소하였다.

그러다 보물을 발견했다. 도롱뇽 알인지 개구리 알인지 잘 모르겠지만 미니 연못 속에 알이 있는 것이 보였다. 사진을 찍어 밴드에 올리니 도롱뇽 알이라고 했다. 개구리 알이었으면 여름 내내 개구리 울음 소리를 들을 수 있을 거란 생각에 좀 아쉬웠다. 어제는 텃밭에 난 쑥을 캐다 팔았다. 봄이 오니 갑자기 할 일이 많아졌다. 포도넝쿨도 정리하고 미꾸라지가 든 통과 잉어와 금붕어가 사는 미니연못에 먹이도 주었다. 길고양이 출신 새벽이가 일하는 옆을 졸졸 따라

다니며 자기 머리를 내 다리에 비볐다.

그런 후 세면을 하고 나서는데 오늘이 화이트 데이라는 생각이 들어, 근처 편의점에 들렀다. 편의점에는 대학교 여자 후배가 카운터에서 알바를 하고 있는데, 사탕을 사자

"아직도 이런 낭만이 있어요?"

라며 부러워했다. 속으로 '이런 낭만 정도는 있어야 시인이지.'라는 생각을 했다. 장미꽃 모양의 사탕을 사서 집으로 돌아오는데, 대문 근처에서 운동을 마치고 돌아오는 아내와 다른 여자 한 명을 만났다. 서로 인사를 하고 나니 아내는 그 여자를 보며

"대파 좀 나누어 주려고요."

라고 한다. 그새 아내는 대파를 나누어줄 생각을 한 모양이다. 퍼주기 좋아하는 성격을 유감없이 발휘한다는 생각을 하였다.

"와, 장미꽃이네요? 오늘 밸런타인데이인가요?"

기가 막혀서, 여자 나이 오십이면 화이트데이와 밸런타인데이도 구분을 못하나 하는 생각이 들었는데, 함께 온 여자도

"오늘 화이트데이고요, 남자가 여자에게 사탕 주는 날입니다. 와, 부러워요."

라는 말을 한다. 갑자기 아내의 어깨가 들썩인다. 한번 '씩' 웃고는

"중부 도서관에 갑니다."

라는 말을 남기고 오토바이를 타고 달렸다. 시원한 바람이 오토바이를 타고 달리는 얼굴을 어루만져주었고 부드러운 햇살에 마음이 따뜻해짐을 느꼈다. '행복은 이런 거구나'라는 생각이 머리를 스치고 지나갔다. 지금쯤 우리 집 마당에는 햇살 받은 장미꽃이 유난히 반짝이고 있으리라.

제4장
행복은 현재진행형

예전엔 행복했었지.
미래의 행복을 위해 지금 불행은 참아야 해!
살다 보면 이런 말을 자주 듣는다.
하지만 단언컨대 행복의 시제는 현재진행형이어야 한다.

아내와 함께 간 봄 바다

지금처럼만 행복했으면.

봄이다. 햇살이 목련의 눈을 뜨게 한다. 그 춥던 겨울을 밀어내고 세상을 한 껏 부드럽게 어루만진다. 누구에게나 겨울은 있다. 하지만 누구에게나 봄이 온 다. 계절은 사람에게 그것을 가르쳐준다. 도서관 밖에서 노란 털옷을 입은 아 이들이 뛰어다닌다. 생동감이 돈다. 아이들이 깔깔거리며 웃는다. 보기만 해 도 가슴이 따뜻해진다.

"엄마, 이빨 빠졌어."

한 아이가 엄마에게 빠진 이빨을 보여준다.

"한번 보자, 정말이네! 어쩌다가?"

동그랗게 눈을 뜨고 바라보는 엄마에게

"조금 흔들거렸는데, 자꾸 흔드니 빠져버렸어."

조그만 여자애와 엄마가 대화하는 모습이 너무 정겹다.

오늘은 어머니 생신이다. 아이를 보니 내 어렸을 적 이빨을 뺐을 때가 기억

난다. 어머니는 실로 내 이빨을 메고 이마를 탁 치며 이를 뽑았다. 그리고 지붕 위로 던지며 "까치야, 새 이빨 다오." 하며 소리쳤다. 그리고는

"까치가 헌 이빨 물고 가고 새 이빨 가져줄 거다."

라고 말했다. 어릴 때는 진짜 까치가 새 이빨을 물어올 거라고 생각했다.

봄의 잔잔한 추억이 흐르는 여기는 울산에 있는 매곡 도서관이다. 토요일만 되면 근처 초등학교로 논술 수업을 하는 아내를 태워주고 마칠 때까지 이곳에 와서 글을 쓴다. 아내가 수업을 마칠 때를 기다렸다가 아내를 태우고 바닷가로 간다. 바다를 보기도 하고 카페에 들러 커피를 마시며 수다를 떨고 글도 쓰고 책도 읽는다. 스스로 생각해도 참 낭만적이다. 오늘은 바람 한 점 없이 따뜻하다. 추웠던 겨울이 끝난 봄 바다는 어떻게 펼쳐져 있을까 궁금해진다.

문득 아침에 한 아내의 말이 떠오른다. 세면실에서 씻고 나오는데 아내는

"와, 장동건 형이네."

라고 감탄하는 척을 한다. 어제 이발을 하고 염색까지 한 나를 보고 한 말이다. 요즈음 아내에게 이런 소리를 자주 듣는다. 글 쓴다고 돈도 못 버는 남편에게 아내는 항상 기분 좋은 소리로 격려를 해준다. 그러면 난 신이 나서 하루를 시작한다. 그리고 가끔 아내는 이런 말도 한다.

"지금처럼만 행복했으면 좋겠어요."

그러면 나는

"무슨 소리야? 이제 시작인데, 앞으로 얼마나 더 행복해질지 기대해도 좋아요."

오늘 저녁에는 작은형 식구들이랑 어머니와 저녁을 함께 먹기로 했다. 다 같은 가족들이다. 어머니가 오래 살아서 이런 날들이 앞으로도 많았으면 좋겠다. 그 추운 겨울이 가고 봄이 왔다. 어머니는 참 좋을 때 태어나셨구나. 하는 생각

이 든다. 그리고 이번 봄에는 참 좋은 일이 생길 거라는 기대가 아지랑이처럼 피어오른다.

아내에게 전화가 온다. 이제 아내를 모시러 갈 시간이다.

〈함께 떠나자, 동해 바다로. 아지랑이 산을 지나 푸른 봄 바다로.〉

나쁜 씨앗은 나쁜 열매를 맺는다.

아내와 함께 바다로 오면서 지난번 있었던 이야기를 했다. 그 사람에게서 받은 상처가 심하구나 하는 생각을 하면서

"당신이 조처를 하지 않더라도 그 사람 많은 대가를 지불하겠네."

봄 바다는 너무 깨끗했고, 선명한 수평선을 보면서 말을 이어갔다.

"사람 보는 눈은 다 똑같아. 당신이 그렇게 느꼈으면 아마 말을 안 해서 그렇지 다른 사람도 똑같이 느꼈을 거야."

그러면서 내가 살아오면서 경험한 사람들 이야기를 해주었다.

"살아오면서 많은 사람을 겪었어. 당신도 알다시피 상처도 많이 받았어. 그 때문에 술도 많이 마시기도 했지. 하지만 지나 보니 그럴 필요가 없었던 것 같아. 그 사람은 나에게만 잘못 행동한 것이 아니라 다른 사람에게도 똑같은 스타일로 대했기 때문에, 다른 일로, 다른 곳에서 결과가 좋지 않게 끝나는 것을 보았어. 그래서 터득한 것이 굳이 내 손을 더럽힐 필요가 없다는 것이야. 나에게 좋지 않은 일을 한 사람은 내가 응징하지 않더라도, 다른 어떤 사람이나 일에서 수업료를 톡톡히 치르게 된다는 사실이야.

살다 보면 별의별 일을 다 겪게 돼. 그때마다 무엇이 옳고 무엇이 그르고를 따질 필요가 없어. 그리고 다른 사람의 잘못된 행동을 지적하여 고치려고 해서도 안 돼. 고쳐지지도 않아. 그럴 때는 그냥 무시하거나 지켜보면 돼. 나쁜 씨

앗이 좋은 열매 맺는 법이 없고. 모든 것은 지나가기 마련이야. 지나가버리는 의미 없는 일에 에너지를 소비해버리면 정작 중요한 일을 하지 못하게 돼. 그것은 어리석은 일이야. 화는 나겠지만 빨리 삭이고 아무런 일이 없었던 것처럼 살아가는 것이 현명한 일이라 생각해."

사람의 스타일은 쉽게 바뀌지 않는다. 나쁜 스타일로 살아가면 한두 번 정도는 요행으로 피해갈 수 있겠지만 결국에는 나쁜 씨앗은 나쁜 열매를 맺는다. 그런 사실을 경험으로 체득하였기에, 아내에게 다음과 같이 말해주었다.

"이기는 길은 꼿꼿하게 머리 들고 씩씩하게 살아가는 거야. 그 사람은 우리 인생에 중요하지 않아."

주전 '그냥' 카페에서

이야기하는 사이 양남에 있는 칼국수 집에 도착했다. 평소에 면 음식은 좋아하지 않아 아내가 가자고 해도 잘 가지 않았지만, 오늘은 아내의 기분을 풀어주려고 내가 먼저 가자고 했다. 칼국수를 다 먹고 나서

"당신과 같이 먹으니 역시 칼국수가 맛있어."

라는 말을 해주었다. 립 서비스인줄 알면서도 아내는 좋아했다. 아침에 나를 장동건 형으로 불러주어 내가 기분이 좋았던 것처럼.

칼국수를 먹고 주전까지 드라이브했다. 해안도로를 지나오는데 아줌마들이 파도에 휩쓸려 온 미역을 건지고 있었다. 그 모습을 본 아내는

"저 미역을 말려서 미역국 끓여 먹으면 맛있겠다."

미역을 보니 예전에 어머니가 미역 일을 하며 고생했던 모습이 떠올랐다. 조금 지나가니 사람들이 해안가 바윗돌 부근에서 꽃게를 잡고 있다. 우리도 아이가 어렸을 때 이곳으로 와 꽃게를 잡은 추억이 생각났다.

"꽃게는 장갑을 끼고 잡으면 쉬운데, 저들은 맨손으로 잡으니 잘 안 잡히지."

내가 아는 척을 했다. 우리는 그때 꽃게를 잡아 된장국을 끓여 먹곤 하였다.

지금은 주전에 있는 '그냥'이라는 카페다. 아내는 피곤해 하였기에 차에서 쉬라고 하고는 혼자 들어와 아이스 아메리카노를 시켜놓고 글을 쓴다. 이곳에는 고양이들이 아주 많다. 고양이들은 마당과 카페 홀을 자유롭게 왔다 갔다 한다. 사람을 피하지도 않고, 아이가 만져도 가만히 있다. '그냥'이라는 카페 이름이 고양이에서 따왔다는 주인의 설명이다. 잔디가 깔린 마당은 주인이 스스로 조경을 하였다는데, 그곳에서 삼겹살을 구워 먹으면 아주 좋겠다는 생각이 들었다. 토요일 오후라서 그런지 이곳에는 가족 단위의 손님이 많다. 그래 이런 것이 소소한 행복이다.

이 카페 여주인은 화가이며, 남자 주인은 숯대 장인이다. 그러다 보니 카페 안에는 고양이 그림과 숯대가 많이 장식되어있다. 글을 쓰는 중에 조한수 시인이 들어왔다. 조한수 시인은 내가 활동하는 '시아파'의 동인이다. 시아파는 시가 아름다운 파, 약자를 따서 '시아파'란 이름을 붙였다. 시가 '아픈'이란 의미도 내재가 되어 있다. 시아파 동인은 현재 10명 정도 된다. 매달 1번 정도 모여 살아가는 이야기를 한다. 조한수 시인은 이곳 주인과는 평소 친분이 있어 보였다. 그러던 중 잠에서 깨어난 아내가 합류하였고, 여주인까지 한자리에 앉아 갑자기 5명이 되었다. 여주인이 대추차를 타 와서 아내가 맛있게 마셨다. 바다가 코 앞인 카페에서 차를 마시며 이야기를 나누는 분위기는 무척 운치가 있었다.

오늘이 어머니 생일이라 저녁 약속이 되어있었기에 아쉬움을 남기고 울산으로 돌아서 나오려는데, 아내가 예쁘게 손으로 직접 그린 고무신을 발견하고는 두 켤레를 샀다. 목욕탕을 운영하는 경주 언니에게 선물한다고.

봄날의 멋진 아침

"머리 깎았네!"

"예, 멋지죠?"

"그래, 우리 아들 잘생겼다."

"엄마가 잘생기게 낳아 주셔서 그래요."

"네가 잘 컸지."

하면서 어머니는 함박웃음을 지어주었다. 그 마음 알 것 같다. 내 아들의 멋진 모습을 보면 나 또한 얼마나 뿌듯한지. 아침 여섯 시면 어머니와 만난다. 우리 집은 2층 주택이다. 1층에는 어머니와 둘째 아들이 거주하고, 2층에는 우리 부부가 거주한다. 매일 5시 30분에 일어나 편의점으로 가서 캔 커피를 마시고 휴대폰으로 밤새 올라온 SNS를 본다. 그리고 오늘 할 일과 쓸 글에 대해 생각하고는 6시가 되면 1층 어머니가 계시는 곳으로 간다. 어머니와 콩나물을 시장까지 실어주기 위해서다.

오늘 아침은 봄이 예쁜 얼굴로 찾아왔다. 그동안 눈과 코를 괴롭혔던 미세 먼지도 보이지 않는다. 텃밭에는 며칠 전에 심은 겨울초와 상추가 싹을 내었고 내가 만든 미니 연못의 수련도 싱싱하다. 그 옆으로 잉어와 금붕어가 수면으로 올라와 여유롭게 놀고 있고, 연못 옆에는 작년 가을에 심은 양파가 날씬하게 상큼하다.

어머니와 콩나물을 차에 싣고 시장으로 갔다. 시장은 언제나 활기 가득하다. 사람의 몸으로 치면 심장과 같다는 생각을 한다. 쿵쿵 뛰는 심장. 어머니 자리에 콩나물을 내려놓고 길 카페로 갔다. 나이 든 아주머니가 노점에서 커피를 파는데, 그곳을 난 길 카페라 부른다. 평상이 하나 있고, 파란색 플라스틱 의자가 열 개 정도 있는데, 아침 시간이면 이 자리는 항상 만석이다. 그곳에서 매일 아침 율무를 마신다. 눈 뜨자마자 커피를 마셨기 때문이다.

길 카페에는 작은 텔레비전이 하나 있는데, 내가 갈 때마다 뉴스를 한다. 오늘 아침 뉴스는 삼성이 국민에게 한 약속을 얼마나 지켰는가 하는 것이었다. 매번 부정을 저지르고 그것을 수습하기 위해 삼성은 대국민 약속을 하는데, 잘 지켜지지 않는다는 내용이다. 뉴스를 보면서 대한항공의 회장 자녀들의 갑질도 연상되어, 우리나라 재벌들이 정말 문제가 많다는 생각이 들었다.

집에 돌아오니, 아내가 아침 운동을 하러 갈 준비를 하고 있다가 나를 보더니 갑자기 "고맙습니다."라고 말한다. 의아해하는 내 얼굴을 보더니 웃으면서 어제 독서 치료 강연회에 갔던 이야기를 들려주었다.

"독서 치료 선생님이 갑자기 도화지를 나누어 주더니 다른 말은 하지 않고 화산을 그리라고 하더군요. 그래서 분화구를 그리고 그 옆에다 꽃을 그렸어요. 다른 사람의 그림을 보니 나를 제외한 거의 모든 사람이 화산이 폭발하는 그림을 그렸어요. 분화구에서 빨간색의 불꽃을 그려 화산이 폭발하는 그림이었어요. 그 불꽃의 크기와 높이가 제각각이었어요. 어떤 사람은 화산이 폭발하여 불길이 하늘 높이 올라간 그림을 그렸고, 어떤 사람은 작은 불꽃을 그렸어요.

다 그리고 나니 선생님은 그 그림에 관해 설명을 해주더군요. 불꽃이 그 사람의 가슴에 쌓인 화를 나타낸다고 했어요. 그런데 내가 그린 그림은 불은 없었고, 더구나 분화구 옆에 꽃까지 그려져 있으니, 선생님은 그 그림을 보고 감탄을 했어요. 그때 저는 이제껏 가족들에게 내 화를 다 풀었구나. 그래서 화산에는 재만 남아있구나, 나의 불같은 화에 가족들은 얼마나 힘이 들었을까? 라는 생각이 들어 가족들에게 미안함과 동시에 그것을 참아준 것에 대해 감사함이 밀려왔어요. 한편으로는 다른 사람은 속으로 화가 많이 쌓여있지만 참고 있고, 나는 쌓여있는 화가 없다는 생각도 들었어요. 그러니 분화구 옆에 꽃이 필 수밖에 없고요. 그만큼 행복하다고 느꼈어요. 그러니 당신에게 고마울 수밖에 없죠."

그 말을 듣고

"당신이 화를 낸 적이 있었지만, 그 정도의 화는 사람이면 누구나 낼 수 있는 겁니다. 미안해할 필요가 없어요."

아내는 현관문을 나서기 전

"감사합니다." 라고 말하며 큰절을 했다.

아내가 나가자 스핀(실내 사이클 운동기구)을 하며 유튜브를 들었다. 습관에 관련된 내용이었는데, 습관은 신호와 행동 보상이 반복되면 형성된다고 했다. 원숭이를 상대로 실험을 하였는데, 스위치를 누르면 보상으로 주스를 주며 뇌파를 점검했다고 한다. 처음엔 주스를 마실 때 뇌파의 파동이 커져 원숭이가 만족감을 느끼는 것으로 나타났다. 반복되는 실험으로 스위치를 누르면 주스를 얻게 된다는 것이 습관화되어버리자, 보상으로 주스를 주기 전인 스위치를 누를 때 만족감을 나타내는 뇌파의 파동이 커지는 것으로 나타났다.

그런데 나중에 스위치를 눌러도 주스를 주지 않자 불만에 차서 화를 내었다고 한다. 이를 통해 알 수 있는 것은 습관이란 신호, 행동, 보상이 반복되었을 때 형성되며, 그것을 끊기 위해서는 보상을 대체할 수 있는 다른 것이 주어져야 한다고 했다. 이 유투브를 들으며 나도 담배 피우는 나쁜 습관을 고치기 위해 담배를 대체할 수 있는 다른 것을 한번 알아보아야겠다는 생각을 했다.

습관에 대한 유투브가 끝이 나자 온몸에서 땀이 났다. 스핀 운동을 그만두고 샤워를 하면서 '김새해'의 유투브 강의를 들었다. 요지는 열심히 일만 한다고 해서 돈을 벌 수 있는 것은 아니라는 것이다. 건물 청소부는 열심히 일하지만, 큰돈을 버는 것은 건물 주인이라는 것이다. 가진 자와 그렇지 못한 자의 차이에서의 '가진 것'이란 시스템의 유무를 말한다고 했다. 부자는 시스템을 만들어 자신이 직접 노동을 하지 않고도 돈을 벌고, 가난한 사람은 시스템을 갖지 못해 자신의 노동으로 돈을 번다는 내용이었다.

직접적인 노동을 하지 않고 경제적 자유를 누리기 위해서는 시스템을 만들어야 한다는 것이다. 돈을 버는 목적은 경제적 자유를 누리기 위해서고, 경제적 자유가 가능할 때 자신이 하고 싶은 일을 할 수 있다고 했다. 그러면서 김새해 자신은 작년까지 다른 사람을 직접 컨설팅을 하면서 월 2억을 벌었다고 한다. 하지만 올해 그것을 그만두었단다. 왜냐하면 돈은 많이 벌었지만 진정한 경제적 자립은 얻을 수 없었기 때문이란다. 자신이 직접 시간을 내어 일했기 때문에 정작 자신이 하고 싶었던 그림 그리는 것을 하지 못한 것이 그 이유란다. 그래서 시스템의 중요성을 느끼고, 돈을 벌 수 있는 시스템을 만들고 있다고 한다. 그러면서 아침에 들은 재벌의 행태가 생각이 났다. 그들은 도대체 무엇 때문에 돈을 버는 것일까? 갑질을 하기 위해서?

샤워 후 옷을 입고 가방을 챙겨 밖으로 나왔다. 봄 햇살이 눈 부셨고 날씨는 상큼했다. 축복받은 날씨라는 생각이 들었다. 내가 아끼는 깃털(오토바이)을 타고 약숫골도서관으로 달렸다. 얼굴을 스치는 봄바람이 따뜻했다. 길을 가다 외사촌 동생이 운영하는 '이삭' 가게 앞을 지나다 멈추고 안으로 들어갔다.

"오빠, 오랜만이네요."

외사촌 여동생이 날 반갑게 맞이해주었다.

"장사 잘되나?"

"그럭저럭요. 오빠 커피 드시겠어요?"

"그래 아이스 아메리카노."

커피를 마시며 살아가는 이야기를 나누었다. 동생의 얼굴은 좋아 보였고, 젊었을 때 외숙모와 많이 닮았다는 생각이 들었다.

"숙모님 요즈음 건강은 괜찮나?"

"예, 아빠와 보건소에 혈압 점검하러 가셨어요."

"전에 너 어릴 때, 부모님이 예식장할 때였는데 결혼식에 필요한 꽃을 사러 숙모님이랑 자주 갔다. 그때 난 고등학생이었는데 숙모님 고생이 심하셨고, 영아(숙모님이 날 부르던 호칭), 내 몸무게가 40kg이 안 된다. 라는 말씀을 하곤 했지."

"저도 생각나요. 제가 6학년이었는데 그때 엄마 몸무게가 39kg밖에 되지 않았어요. 어떻게 그렇게 몸무게가 작게 나갈 수 있는지 지금 생각하니 신기해요."

외삼촌 네는 우리 집 근처에 살았기에 많은 추억이 있다. 두런두런 이야기를 나누고 나오려는데, 동생이 군고구마랑 사이다랑 커피믹스를 한 아름 챙겨주었다.

약숫골 도서관에 도착하여 자리를 잡고 글을 쓰는데, 창가로 스며드는 햇살이 무척 향기롭다는 생각을 하며 가슴 속에 충만감이 가득함을 느꼈다. 김새해는 자신이 하고 싶은 일을 하기 위해서 월 2억을 버는 일도 그만두었다는데, 난 지금 내가 하고 싶은 글을 쓰고 있다. 재벌이 부럽지 않은 시간이다.

"참으로 멋진 봄날 아침이다."

아내가 행복해지니 나도 행복해졌다. 그리고 글을 쓸 수 있는 시간이 선물로 주어졌다. 글을 쓰고 싶은 열망만 가득했지 글을 쓰지 못한 삶을 보상이라도 받듯이 요즈음은 온종일 글만 쓴다. 글을 쓰면서 글과 관련된 말을 하고 싶었다. 어떻게 글을 쓰면 왜 좋은지, 어떻게 글을 쓰고 어떻게 책을 내는지, 그리고 글을 쓰면서 사는 내 생활도 더불어 이야기하고 싶었다. 과거와 비교해보면 많이 행복하다. 글을 쓰기 때문에 행복하고, 행복하기 때문에 글을 쓴다.

콩나물 집 며느리

"여기 두었던 청국장 어쨌나?"

어머니의 고함이 들린다. 아내가 놀라서 1층으로 내려간다. 사실은 청국장이 오래되어서 먹을 수가 없어 보였고, 행여나 먹고 탈이 나면 어쩌나 걱정이 되어 아내가 버린 것이다. 어머니는 무엇을 버리는 것을 굉장히 아까워하신다. 그렇기에 어머니 모르게 버리곤 하는데, 이번에는 딱 걸려 버렸다. 하지만 이런 일이 한두 번이 아닌 일이라 아내는 나름 피해 가는 방법을 터득하고 있다.

"아! 어머니. 그것 맛있어 보여, 제가 가지고 올라와서 아범 끓여주었어요."

"아, 그랬나. 난 또 버린 줄 알고."

어머니가 다행이라는 표정으로 변하자 아내는

"어머니 오늘이 제 생일이에요. 선물 주세요."

그러면서 끓여간 미역국이든 그릇을 내민다.

"아, 글라 알았다."

하시며 돈 만 원을 주머니에서 꺼내어 아내에게 내민다.

"고맙습니다. 어머니."

"혹 떼려다, 혹 붙였네. 흐흐"

하시며 어머니도 웃으시고, 아내도 철없는 아이처럼 좋아하며 돈을 받는다. 시어머니와 며느리는 무언가 보이지 않는 벽이 존재하는 것 같다. 하지만 그 벽을 아내는 슬기롭게 넘기곤 한다. 어머니의 감정을 건드리지 않으면서도 자신이 원하는 바를 얻는 것은 아주 지혜로운 행동이다. 어머니가 하는 말을 절대 감정적으로 받아들이지 않기에 가능한 일이다. 아내는 어머니에게 항상 감사한 마음을 가지고 있고, 어머니가 섭섭하게 말하는 것에는 전혀 개의치 않는 듯하다. 어머니는 매사를 아들 편을 들어 이야기한다. 어머니는 상식적으로 생각해도 내가 잘못한 일을 아내의 잘못으로 우긴다. 그러면 아내는 속으로는 화가 날 수도 있겠지만 말은,

"예, 알겠어요. 어머니."

하며 다른 말을 하지 않는다. 아내는 나와 아들들이 잘못된 행동을 하면 지나칠 정도로 지적을 하는 사람인데도, 어머니에게는 그렇게 하지 않는다. 그리고는 나에게

"평생을 그리 살아오셨는데, 제가 무슨 말을 한다고 바뀌겠어요? 제가 그에 맞추면 되지요."

라고 말한다. 그렇게 생각하며 어머니를 대하기에 노모와 함께 살아도 전혀 소란이 일어나지 않는다. 그것은 오래된 서로에 대한 믿음에서 비롯된 거로 생각한다. 불같은 어머니의 성격을 잘 피해 갈 줄 아는 며느리. 그런 며느리가 어머니도 좋은 것이다.

어머니는 아내가 없을 때, 나에게 말한다.

"네가 잘해라."

아내는 어머니가 없을 때, 나에게

"어머니와 함께 사는 우리는 축복 받은 겁니다."

그러니 고부간의 갈등이 생기지 않는 것이다.

아내는 일을 한다. 평일에는 중학교 방과 후 국어 선생님으로 일하고, 토요일이면 초등학교 논술 선생님으로 일한다. 한 주의 일을 마친 토요일 오후가 되면 나와 함께 바닷가 카페로 와서 함께 논다. 글을 쓰기도 하고, 대화도 나누며, 사진을 찍어 아들과 처형에게 보내기도 한다.

"부부가 취미가 같은 것은 정말 다행입니다."

오늘 바닷가 카페로 오면서 아내가 한 말이다. 아내는 이런 생활을 무척 행복해한다. 그런 행복한 아내와 사는 남편인 내가 행복하지 않을 수 있으랴.

가슴 속의 보물함

새벽에 어머니를 태우고 콩나물시루를 시장으로 나르면서 문득 다음과 같은 생각을 하였다.

'오랜 세월이 흐른 후, 그래서 내 나이가 많이 들었을 때, 이 시절을 돌아보면 지금이 많이 행복했을 거란 생각이 든다. 어머니와 아내와 콩나물 콩을 사러 농촌으로 다니면서 보았던 가을 풍경이나, 농촌 사람의 정이 담긴 채소며 된장이며, 이런 것을 얻어 돌아오면서 나누었던 작은 이야기들이.'

좋은 일은 시간이 지났다고 해서 결코 흘러가 버리고 없게 되는 것이 아니라, 가슴 안에 있는 보물함에 추억이라는 보물로 간직된다. 그것은 예전에 아이들이 클 때의 추억이 보석이 되어 지금도 그 시절만 생각하면 반짝이는 보물을 보는듯한 느낌이 드는 것과 같다. 살아오면서 지금처럼 행복한 시절을 그리 많이 갖지 못한 것 같다. 아니 행복한 시절이 많았지만, 지금처럼 그것을 느끼지 못하고 살아온 것 같다. 그런데 지금은 이 시절이 지나가 버리면 지금 있었던 일들이 많이 그리워질 것 같다는 생각이 든다. 그만큼 지금 느끼는 행복의 강도는 크다. 지금이 보물임을 느끼고 있다는 말이다.

오늘 새벽 4시에 잠을 깼다. 둘째가 배가 고팠는지 라면을 끓여 먹느라고 떨거덕거리는 소리를 내었기 때문이다. 짜증이 나기도 했지만,

"우리 둘째가 배가 고팠구나."

하면서 안아주었다. 이런 아들이 있다는 것이 얼마나 소중한가라는 생각이 들었기 때문이다. 이런 짜증 나는 순간이라도 나에게는 행복한 이유가 되었다.

사랑하는 어머니가 아직 살아계시고, 우리 부부는 아직도 그리 많이 늙지 않았고, 아이들도 별 탈 없이 지내고 있는 평범한 이 시절이 앞으로 10년만 지난다면, 어머니가 살아계시지 못하실 것 같고, 우리 부부도 60대가 되며, 아이들도 30대가 되어 각자의 가정을 꾸리고 살아가리라. 그때는 지금과 다른 행복한 생활을 하고 있을 것이라고 믿고 있지만, 지금 이 생활이 너무도 소중하기에 많이 그리워질 것 같다.

우리 부부가 결혼할 당시, 비디오 촬영을 하였다. 화면에 배경 음악이 당시 유행하던 '내 마음의 보석 상자'란 노래다. 오늘 문득 그 노래가 생각이 난다. 앞으로의 인생도 많은 보물을 만들어 내 가슴 속의 보물함에 간직하는 소중한 삶을 살아야겠다.

"물질적으로 부유한 사람보다도 가슴 속에 추억이라는 보물을 많이 가진 사람이 더 부자다."

자식의 뿌리는
부모의 마음에서 자란다

자식을 사랑하는가? 자식이 행복해지기를 바라는가? 그렇다면 먼저 부모가 행복해져야 한다. 부모가 행복하지 않으면 자식도 행복하지 않다. 왜냐하면 자식의 뿌리는 부모의 마음에 두고 있기 때문이다. 뿌리 깊은 나무는 바람에 아니 휘며 꽃과 열매를 맺는다는 말이 있다. 맞는 말이다. 자식을 사랑하고 행복해지기를 바란다면 부모가 먼저 서로 사랑하고 행복해져야 한다.

"요즈음 아빠 글 보면서 하루를 시작해요."

서울에 사는 큰아들이 하는 말이다. 최근에 큰아들이 브런치라는 글을 쓰는 곳을 소개해주고 활동을 권유하였다. 그래서 브런치가 어떤 곳인지를 알아보았다. 브런치는 자체적으로 심의를 거쳐 어느 정도 글에 대한 내공이 있는 사람을 작가로 선정한다. 그리고 좋은 글은 출판사와 연계하여 출판도 하게 해주는 곳이다. 요즈음 책을 내기 위해 글을 쓰고 있는 나에게 꼭 맞는 곳이다. 그런

나의 사정을 알기에 아들은 브런치를 권유하였고, 나는 작가신청을 하여 브런치 작가가 되었다. 그리고 매일 1~2편 정도 글을 올리고 있다.

아들은 매일 아침 카페에서 커피를 마시며 하루를 시작한다고 한다. 그러면서 브런치에 올려진 내 글을 본다. 그런 아들을 위해서라도 좋은 글을 써서 올리려고 한다. 말은 안 해도 아들은 쉽지 않은 상황에 놓인 것 같다. 아무런 경험도 없이 창업하여 힘든 상황을 온몸으로 극복하려고 노력하고 있다. 아들은 우리가 걱정할까 싶어 말을 안 하지만, 꼭 말을 들어야 아는 것이 아니다. 부모라면 자식의 얼굴만 보아도, 전화로 목소리만 들어도 알 수가 있다.

그런 아들에게 용기를 주고 싶어 가능하면 가족의 행복한 모습을 글로 써서 올린다. 왜냐면 가족이 행복해야 아들도 힘을 얻을 수 있다는 생각을 하기 때문이다. 아들이 살아가면서 아무리 힘든 상황에 부닥치더라도 자신의 마음의 뿌리가 튼튼함을 느낀다면, 어떤 세찬 바람에도 휘지 않으리라고 믿는다. 멀리 떨어져 있는 아들을 사랑하는 나만의 방법이기도 하다.

아빠의 사랑이 담긴 글을 읽고 하루를 시작한다면 아들은 얼마나 힘이 날까? 그 생각만 해도 글을 쓰고 싶은 마음이 막 생긴다. 글쓰기의 신선한 동기부여가 되는 것이다. 그리고 아들이 힘을 얻는 만큼 나도 힘을 얻는다.

"아들은 내 마음에 뿌리를 내린, 나의 열매이기 때문이다."

시어머니가
로또라고 말하는 며느리

"엄마는 로또다."

보통의 며느리는 시어머니와 같이 살기를 원치 않는다. 시어머니가 싫어서가 아니라 불편해서라고 생각한다. 하지만 내 아내는 시어머니와 사는 것을 로또라고 말할 정도로 좋아한다. 내 어머니는 다른 시어머니보다 특별하게 마음이 너그럽거나, 돈이 많은 것도 아니다. 차라리 다른 시어머니보다 고집이 세고 화도 잘 내며, 십몇 년 전에 치매 판정을 받은 적도 있어 합리적이지도 못하다. 어머니는 깨끗하지 않고 버리는 것을 싫어하며, 조금이라도 낭비하는 것을 보면 불호령을 내린다.

잘 된 것은 아들 덕분이며, 잘못된 것은 며느리 탓이다. 그런데도 아내가 시어머니와 사는 것을 로또라고 이야기하는 것은 어머니와 함께 살면서 모든 것이 좋아졌기 때문이다. 호랑이 시어머니지만 우리 가족을 세상 누구보다 사랑한다는 것을 알기 때문이다.

어머니와 아내는 간혹 티격태격한다. 하지만 아내는 어머니의 화를 비껴갈

줄 안다. 그렇기에 같이 살면서 어머니와의 불화가 문제가 된 적은 한번도 없다. 어머니의 성격을 누구보다 잘 알고 있기에 아내는 그것을 교묘하게 피해나간다. 피해 나가는 데는 선수다. 어머니의 성격은 화가 나면 불같지만 조금만 시간이 지나면 언제 그랬냐는 식으로 평온해진다. 그러니 그 순간만 지나버리면 되는 것을 아내는 잘 알고 있다. 차라리 어머니가 아내에게 교육을 받는다. 아내가 어머니를 교육하는 방법은 이렇다.

"어머니, 우리와 같이 사는 게 좋아요? 싫어요? 빨리 좋다고 말하세요."

그러면 어머니는 "좋다." 라고 말한다.

"어머니 우리가 잘 됩니까? 안 됩니까? 빨리 잘 된다고 말하세요."

"잘 된다."

"어머니 손! 눈 감으소. 제가 기도할 테니 따라서 하세요. 하나님, 우리 아들 잘되게 하시고 복 많이 주세요."

그러면 어머니는 아내의 손을 잡고 "우리 영이 잘 되게 해주소." 이렇게 따라한다. 약간은 장난스럽게 대하는 아내가 싫지만은 않은 것이다. 아내와 어머니는 서로 생각하는 것이 아주 다르지만, 당신의 아들이자 아내의 남편인 내가 잘되기를 바라는 것과, 같은 여자의 입장이라는 공통분모가 있기 때문에 적과 동침이 아니라 아군과의 공존이 되는 것이다. 아내는 한 번씩 이런 말을 한다.

"어머니와 사는 것이 얼마나 좋은데, 그것을 모르기에 시어머니와 사는 것을 싫어하는 사람이 많아요."

어머니의 사랑은 끝이 없다는 것을 아내가 알기 때문에 다른 아들과 같이 살지 않고 우리와 함께 사는 것을 아내는 "엄마는 로또다." 라고 말하는 것이다. 시어머니와 사는 것이 아내일뿐더러 좋기만 할까만은 그래도 이렇게 말을 해주니 아들은 얼마나 든든하고 좋을 것인가. 나는 이런 아내를 사랑한다.

가족은 번지점프의 생명 줄과 같다

OECD 국가 중 우리나라가 자살률이 1위이다. 그것은 우리 사회가 그만큼 살기 어렵다는 것을 말해주고 있다. 둘째 아들이 번지점프를 하고 왔다. 그 상황을 글로 적었는데, 아주 생생하게 내용을 잘 담아내었다. 번지점프라는 것은 아주 높은 위치에서 떨어지는 것이기 때문에, 점프대에 서면 공포를 느낀다. 살다 보면 그런 공포를 느낄 때가 간혹 생긴다. 자의든 타의든 죽고 싶다는 생각을 할 때가 그때이다. 하지만 막상 죽으려고 하면 죽음에 대한 공포를 느낄 것이다. 그 공포가 번지점프대에 섰을 때의 공포와 비슷할 거로 생각한다.

자살률 1위라는 통계를 보더라도 우리 사회에 많은 사람이 자살하고 있으며, 자살을 골똘히 생각하는 사람도 많으리라. 특히 요즈음 시대는 직업을 구하지 못하거나 실직하는 사람이나, 사업을 하다가 성공하지 못하는 사람이 아주 많다. 그러다 절망하고, 다시 일어나려 해보지만 쉽지가 않고, 그러다 다시 절망하고, 그것이 누적되면 살아갈 힘을 잃게 된다. 그렇다 보면 삶의 끈을 놓기도 한다. 살다 보면 어려움은 누구나 겪기 마련이다. 하지만 그것이 죽음으로 이어지지 않게 하는 것이 가족의 사랑이다. 왜냐하면 가족의 사랑은 번지점프할 때 생명을 지켜주는 밧줄이기 때문이다. 그래서 난 가족 간의 사랑의 중요성을 말하고 싶고, 행복하게 살아가는 방법을 글로써 공유하고 싶은 거다. 죽고 싶도록 힘들었던 시기를 극복하고, 지금 가족과 행복하게 사는 모습을 글로써 보여주고 싶은 거다.

나도 죽고 싶을 때가 여러 번 있었다. 하는 일마다 되지 않았고 사업에 실패하고 빚을 졌을 때는 죽고 싶은 생각만 들었다. 스무 번이 넘게 직업을 바꾸면서 그때마다 받았던 상처들이 누적되어 돌이킬 수 없는 지경에 몰려 알코올 중독자가 되었을 때 난 죽고 싶었다. 술병을 들고 강변으로 찾아가 술을 먹고 정신을 잃었을 때, 여관방에서 몇 날 며칠을, 술을 마시고 잠들고 깨어나면 다시 술을 마시는 것을 반복했을 때, 골방에서 아무도 못 들어오게 하고 죽자고 술을 마셨을 때, 절망은 바닥이 없다고 한탄하면서 시를 썼을 때, 그때는 정말 죽고 싶은 생각밖에 없었다.

하지만 나에게는 번지점프의 로프 같은 가족이 있었다. 그것이 나의 생명 줄이었다. 그 줄이 있었기에 난 죽지 않았고, 다시 살아나 글을 쓰고 있다. 그런 과정을 겪으면서 다시 살아갈 힘을 얻은 경험을 글로써 나누고 싶은 것이고, 나와 같은 상황에 빠져 절망하는 사람에게 반딧불같이 작은 빛이라도 주고 싶은 것이다. 무엇도 가족보다 우선하는 가치는 없다. 가족이 나에게 생명 줄이 되어주었듯이 나도 그러해야 한다. 힘들 때는 가족을 생각하라. 그러면 절벽에서 떨어지는 자신을 잡아줄 것이다. 시간이 흐르고 나이가 든다는 것은 좋지 않을 수도 있지만, 시간이 흐르기에 아픔은 그 농도가 옅어진다. 지금 절망하고 있다면, 가족을 생각하고 솔로몬 지혜의 말을 생각하자.

"모든 것은 지나가기 마련이다."

행복은 현재진행형

불행은 과거완료형이 되어야 하고 행복은 현재 진행형이 되어야 하며, 미래
또한 행복진행형이 되어야 한다. 대한민국의 행복은 어릴 때부터 현재형이 아
니라 미래형이었다. 성장기에 선생님이나 부모님에게서 끊임없이 들어온 이
야기가 있다. 바로

"미래의 행복을 위해 지금의 고생은 참아야 한다."

나뿐만이 아니라 우리 시대를 살아온 많은 사람이 이 이야기를 들으며 살아
왔을 것이다. 그러다 보니

미래에 성공하는 것이 행복이며, 그 행복이 지금 고생하는 것까지 보상해주
리라 기대하며 고생을 감수하며 살아왔다. 하지만 아니다. 행복은 결코 미래
형이 아니라 현재 진행형이 되어야 한다. 지금 행복해야 한다. 성공하는 사람
보다 성공하지 못하는 사람이 훨씬 너 많으며, 성공이 행복의 보증수표가 아니

다. 불확실한 미래의 행복을 추구하는 것보다는 지금 행복한 것이 훨씬 더 낫다. 그렇다고 노력을 하지 말라는 것은 아니다. 노력하지 않는다면 지금도, 미래에도 행복은 없다. 노력하며 얻는 보람에서 행복을 찾을 수 있다. 노력하는 과정이 고생으로 생각해서는 안 되며, 그것이 행복임을 알아야 함을 의미한다.

행복은 결과가 되어서는 안 된다. 행복은 과정이어야 한다. 과정이 행복하려면 그 과정을 좋아해야 한다. 자녀의 성공이 행복이 되는 것이 아니며, 자녀를 키우는 과정 그 자체가 행복이 되어야 한다. 난 그것을 몰랐다. 아이들이 자라서 성공하는 것이 행복인 줄 알았다. 하지만 아니었다. 아이들을 키우면서 울고 웃고 하는 것 그 자체가 행복이었다. 지나서 생각해보니 우는 것마저도 행복이었다. 지금은 아이들이 다 자랐지만, 아직도 아이들과 지나야 할 세월이 많이 남아있다. 그래서 행복하다.

지금 글을 쓰면서 살고 있다. 그래서 행복하다. 아침부터 밤늦게까지 글을 쓴다. 앞으로도 글을 쓰겠지만 세월이 흘러 이 시간을 생각한다면, 그때 이 시간에 대한 행복감은 지금 느끼는 행복감보다 더 클 것이다. 행복은 현재진행형인 것과 동시에 미래 진행형이 되어야 한다. 그렇기에 불행은 과거완료형이 되어야 한다.

지금 불행하다고 생각하면, 그것을 과거완료형으로 만들어라.

"불행 끝, 행복 시작"

이라는 선언을 하고 지금부터 난 행복하다고 생각하라. 불행한 이유가 생각나면 그것은 과거의 일일 뿐이라고 생각하라.

"행복을 시작하는 것에는 시간이 정해진 것이 없다. 지금부터 행복해지면 되는 것이다."

사랑하면 보여요

"행복을 눈으로 볼 수 있을까?"

2018년 1월부터 지금까지 난 행복을 생각했고, 글로 썼다. 그랬더니 진짜 행복하다. 앞으로 더 시간이 지나도 행복할 것이다. 그렇기에 나의 행복은 현재진행형이라 믿고 있고, 미래의 그때도 행복진행형이 되리라.

사는 목적이 무엇인가? 결국 행복하게 사는 것이 아닌가? 그런데 당신은 지금 행복한가? 미래의 행복추구에만 매달린 행복 사냥꾼은 아닌가? 행복을 바란다는 이야기는 지금 행복하지 않다는 말과 동일한가? 나의 경우 최소한 그렇지는 않다. 미래의 행복도 바라지만 현재도 행복하다. 목적과 과정이 다 행복한 까닭이다. 그렇기에 나에게는 사는 것이 행복이다. 나는 행복하다고 생각한다. 고로 난 행복하다.

사람들은 자신의 얼굴을 눈으로 볼 수 없다. 그래서 거울을 본다. 행복도 눈으로 볼 수 없다. 그래서 나는 아내의 얼굴을 본다. 아내의 얼굴이 행복하면 나도 행복한 것이 된다. 아내의 말을 듣는다. 아내의 말 속에 행복이 묻어있으면, 나도 행복한 것이 된다. 아내는 곧 나의 행복을 비추는 거울이다.

아침에 아들 방으로 갔다. 롤 스크린이 떨어져 있는 것을 보았다. 그것을 바로 고정하려 했으나, 아내는 "위치를 바꾸어야 하니 나중에 하게 그냥 두세요."

라고 말했다. 또

"당신 코털이 밖으로 나왔네요. 깎아야겠어요."

나는 보지 못한 것을 아내는 잘도 보았다.

"아니 어떻게 내 눈에는 보이지 않는 것이 그렇게 잘 보여요?"

라고 묻자

"사랑하면 보여요."

그 말을 들으니 정말 그런 것 같다는 생각을 했다. 사랑하니 아내의 얼굴에서 행복을 볼 수 있는 것이다. 사랑하니 보이지 않는 것들이 보이는 것이다. 아내의 행복 없이 어떻게 남편이 행복할 것인가? 그래서 내가 행복해지기 위해서 아내를 행복하게 만들어주려고 노력한다. 그 노력이 근육을 만든다. 그 근육이 행복의 근육이다. 그 근육으로 들지 못할 것은 없다. 어떤 어려움이라도.

"사랑하면 행복이 눈으로 보인다."

제5장

나의 보물, 나의 아이들

세상에서 가장 아름다운 벽지

책을 읽다가 좋은 구절이 있어 밑줄을 그었다. 그런데 책을 읽으며 밑줄을 그었더라도 한번 보았던 책을 다시 잡은 경험이 별로 없었다는 생각이 들었다. 순간 눈이 벽으로 옮겨졌다. 남자아이 둘을 키우는 집이 그러하듯 벽에는 온통 낙서투성이였다. 아이들에게 주의를 주고 도배를 새로 했지만, 벽지는 금세 아이들의 낙서판으로 변해버렸고, '혼내기만 해서는 안 된다.'는 생각 끝에 작은 칠판을 두 개 사서 벽에 걸어두었다. 하지만 벽에다 하는 낙서는 그칠 줄 몰랐다. 생각이 여기에까지 미치자 깨끗한 것을 포기하고 메모지에다 좋은 말 한마디를 써서 벽지 위에다 붙였다.

"세상에서 제일 소중한 것은 가족이다. 아빠는 엄마를 사랑하고, 우리 두 아들을 사랑한다. 그래서 아빠는 행복하다. 우리 가족 모두 행복했으면 좋겠다. 행복은 좋은 생각에서 나온다. 나쁜 생각은 머리카락 하나만큼이라도 하지 말자. 아빠 씀"

그런 후 아내와 아이를 불러 이제부터는 책을 읽다가 좋은 구절이 있으면 메모지에 적어 아빠처럼 벽에다 붙이도록 하자라고 말했다. 덧붙여서 자기 생각이나 서로에게 하고 싶은 이야기 등, 어떤 글도 괜찮으니까 그대로 적어 벽에 붙이라고 했다.

발포 벽지는 풀로 잘 붙지 않아 아이들의 글은 아내와 내가 직접 붙여 주곤 했다. 또한, 코팅된 것들은 접착제를 사용하기도 했다. 얼마의 시간이 지나자 벽은 온통 좋은 글과 생각으로 도배가 되었다. 우리 집 벽은 좋은 구절이나 생각들로 가득하다. 이보다 멋진 도배지가 세상에 또 있을까.

가족 간의 대화가 많이 부족한 요즈음, 자기가 하고 싶은 말이나, 자기가 좋아하는 글을 붙이면 서로의 생각도 읽을 수 있다. 그리고 좋은 글과 느낌과 생각의 공유로 인한 공감대 형성도 자연스레 이루어진다. 또한, 말로 하지 못하는 것도 글로 써서 붙이면 서로의 불필요한 오해도 줄일 수 있다.

도배는 꼭 도배지로 할 필요는 없다. 그리고 아이들이 벽에 낙서하지 못하도록 잔소리하기보다는 마음껏 글과 낙서를 하게 하자. 그리고 사진을 찍어 기념하자.

어느 결혼기념일에 있었던 일

이제껏 가족의 기념일은 잊은 적이 없었는데, 새롭게 일을 시작하여 정신이 없어선지 아내와 나 모두 결혼기념일을 잊어버렸다. 전날 사소한 일로 다투어서 아침도 먹지 않고 출근을 했다. 싸우고 나면 항상 누가 먼저 화해 전화를 할 것인가로 자존심 싸움을 하며 전화기를 들었다 놓았다 하는데, 결국 내가 먼저 전화를 했다. 그런데 아내는 전화를 받지 않았다. 단단히 토라진 모양이었다. 점심시간이 다 되어 전화기가 울렸고 전화기를 들자마자 아내의 고음이 들려왔다.

"오늘 우리 결혼기념일인 줄 알아요, 몰라요?"

"아! 그렇구나."

"포항에 조카가 전화가 와서 나도 결혼기념일인 줄 알았어요."

"밥 먹었어?"

"아니, 밥이 넘어가요?"

"그럼 밥 먹어."

하며 전화를 끊었다. 다시 수화기가 울렸다.

"결혼기념일인데, 밥 먹자 소리도 안 해요?"

"나, 그럴 기분 아니니까 전화 끊어."

전화를 끊고 나서 이러면 안 되는데 하면서도 같이 밥 먹자는 소리가 나오지 않았다.

세 시쯤 되어서 아내가 사무실로 찾아왔다.

"결혼기념일만 아니면 나도 찾아오지 않으려 했는데."

하며 나의 안색을 살폈다. 아내의 얼굴을 보니 화가 풀렸고 내가 웃자 아내도 웃어 버렸다. 그렇게 또 한 번의 싸움이 끝났다.

조금 있으니 전화벨이 울렸다. 큰아들이었다.

"아빠, 오늘 결혼기념일이죠? 힘내세요."

"아니, 이 녀석이' 어떻게 알았지?' 생각하며

"그래. 고맙다."

라고 말했는데 가슴이 뿌듯해져 왔다. 항상 철이 없다고만 생각했는데, 어느새 부모를 배려할 줄 아는 아이로 자랐다는 사실이, 부부싸움으로 분위기를 험악하게 만든 우리 부부를 부끄럽게 만들었다. 그날 저녁 일이 늦게 끝나서 밤 아홉 시가 넘어서 집으로 향했다. 결혼기념일이고 하니 외식이나 하자 싶어 아파트 밑에서 전화를 했다.

"성원아, 엄마 아빠 밑에 있으니까 성호랑 내려와라. 맛있는 것 사줄게."

"아빠, 일단 올라오세요."

"왜? 그냥 내려와."

"아니에요, 일단 올라오세요."

순간, 직감적으로 이 녀석들이 무슨 일을 꾸며놓은 것 같았다. 아내와 함께 아파트로 올라갔다. 문을 여는 순간, 깜짝 놀랐다. 형형색색의 초에 붙은 불들이 형광등을 끈 집안에 가득했다. 요구르트병에 꽂아 타오르는 불꽃놀이에 사방으로 빛이 튀고 있었고, 아이들 양손에 든 불꽃놀이에 거실은 온통 빛으로 넘쳐 났다.

"엄마, 아빠. 결혼기념일 축하해요."

이제 12살, 9살 된 아이들인데 이렇게 소박하고 화려한 축제를 연출할 줄이야. 아내와 나의 얼굴에도 빛이 났고 아이들의 눈망울에도 빛이 가득 들어 있었다.

"엄마, 아빠 선물."

아내와 나의 눈에는 눈물이 맺혔고 아이들을 힘껏 안아 주었다. 우리의 귀한 보석들

"성원아, 성호야. 고맙다. 그리고 아주 많이 사랑한다."

'이런 일을 꾸며놓고 온종일 엄마 아빠를 얼마나 기다렸을까, 엄마 아빠가 기뻐하는 모습을 상상하며 얼마나 이 순간을 기대했을까.' 라는 생각에 또 한 번 울컥하며 아이들이 고맙게 느껴졌고, 사는 것의 즐거움이란 절대 돈으로 매겨지는 것이 아니라 가족을 배려하는 작은 마음임을 가슴속 깊이 새기게 되었다. 이렇게 해서 결혼기념일은 너무 아름답게 장식되었고 우리 가족은 손을 잡고 집 근처에 있는 '구공탄 구이집'으로 향했다.

별처럼 빛나는 추억 만들기

참교육 학부모 울산지부 홈페이지에서 좋은 정보를 하나 얻었다. 김해 천문대에서 10월 25일 밤 10시부터 26일 아침 6시까지 별자리 축제를 연다는 것이다. 별자리 축제에 참여하면 교육적으로도 좋고 아이들에게 상상력을 길러주는 데도 도움이 될 것 같아, 함께 가면 어떻겠냐고 물으니 좋다고 했다. 그래서 또 하나의 가족 추억 만들기가 시작되었다. 토요일, 저녁을 일찍 먹고 7시 20분경 집을 나섰다. 차가 넓기(스타렉스) 때문에 아예 차 안에서 일박을 하기로 하고 이불과 베개도 실었다. 아이들은 신이 났고 이제껏 천체 망원경을 한 번도 보지 못한 나도 막연한 기대감에 가슴 설레었다. 마트에 가서 간단히 먹을 것을 사고 출발하려고 할 때 큰 아이의 신발이 없어진 것을 알았다. 차 안을 샅샅이 뒤졌으나 끝내 신발을 찾을 수 없었다.

"아무래도 아파트 주차장에 떨어졌나 봐요"

아이의 그 말에 맥이 빠졌지만, 다시 차를 돌려 아파트로 돌아왔다. 다행히 아이의 신발은 차가 주차했던 그 장소에 떨어져 있었다. 신발을 찾은 후 출발하며 시계를 보니 8시였다. 언양을 지나고 양산에 이르니 토요일이라서 그런지 차가 많이 막혔다. 시끄럽게 떠들어대던 아이들도 잠에 빠져 있었다. 약 12km를 서행으로 운전하다 보니 길이 뚫렸고, 양산을 지나 부산을 우회하여 동김해 톨게이트로 빠져나왔다. 김해천문대 찾기는 어렵지 않았다. 이정표가 계속 이어졌고 인제 대학교를 지나니 김해 천문대에 도착할 수 있었다. 시계를 보니 10시, 2시간 정도 걸렸다.

천문대에 도착하니 주차장은 차들로 빽빽했다. 아이에게 교육적인 효과가 크다고 생각했던지 가족 단위의 구경꾼이 많았다. 어렵게 차를 주차하고 30분 정도 걸어 산에 올라갔다. 하늘이 너무 맑아 별들이 쏟아질 것만 같았다. 산꼭대기에 천문대가 있었는데 정상에서 바라본 김해 야경은 꼭 외계의 어느 한 도시를 방문한 느낌이 들게 했다. 올라갈 동안 등에 약간 땀이 났지만, 정상의 찬 바람으로 하여 금세 추워졌다.

천체 망원경으로 별을 볼 수 있는 관측동 앞에는 길게 줄을 지어 있었고 우리는 줄 맨 끝에 섰다. 산꼭대기에서의 가을밤은 무척 추웠다. 파카 잠바를 입었는데도 추워서 덜덜 떨었다. 밤하늘에는 무척 크게 빛나는 별이 하나 있었는데, 줄을 서서 기다리기에 지루하여 그 별의 이름 맞추기를 하였다. 금성이라고 이야기하는 측과 화성이라고 이야기한 측이 팽팽하게 대립하였는데, 나중에 도우미에게 물어보니 화성이라고 했다. 약 1시간을 기다려 관측동에 들어갈 수 있었는데, 그 안에는 여러 대의 천체 망원경이 있었고 방문객들이 쉽게 관찰할 수 있도록 특정한 별에 맞추어져 있었다.

처음으로 우리가 관찰한 별은 페르세우스 성단(별이 무리 지어 있는 것)이었다. 지구에서 약 6,000광년 떨어져 있는 쌍둥이 성단이었다. 1광년은 빛이 1년 동안 가는 거리라고 하니 실로 상상이 가지 않는 거리였다. 또한, 지금 보고 있는 별빛이 6,000년 전의 빛이라는 것에 놀랐다. 천체 망원경으로 보면 사진에서 흔히 보듯 별이 아주 크게 보일 것이라고 상상했는데, 실망스럽게도 그냥 밤하늘의 별과 크기에 있어 큰 차이가 없었다. 페르세우스를 보고 난 뒤 다른 천체 망원경을 보았는데, 이름이 모두 기억이 나지 않는다. 하지만 우리를 흥분시키고도 남을 정도의 별을 보았는데 그것은 토성이었다. 다른 별과는 달리 토성은 크게 보였고 둘레의 띠까지 선명하게 보여 인상 깊었다.

도우미의 설명을 들으며 여러 가지 별자리를 알게 되었다. 황소자리, 페가수스, 카시오페이아 등, 특히 기억에 남는 것은 우리가 사는 은하와는 다른 은하인 안드로메다이다. 안드로메다는 페가수스의 오른쪽에 있었는데, 상상력을 자극하기에 충분했다. 다음으로 본 것이 화성이다. 천체 망원경으로 보니 우리가 보는 달보다 더 적게 보였다. 아쉽게도 지금은 밤이라 금성을 볼 수 없었다. 금성은 새벽에 뜰 때는 샛별이라 부르고, 저녁에 뜰 때는 '개밥 바라기'라고 부른다고 했다. 저녁에 개밥 줄 때쯤 뜬다고 그런 이름이 붙었단다. 또한, 스스로 빛을 내는 별을 항성이라고 부르며 자신이 빛을 내지 못하고 빛을 반사하는 별을 행성이라 부른다고 했다. 화성을 마지막으로 관측동을 빠져나와 전시관으로 향했다.

전시관에는 별자리의 사진 등이 걸려 있었고 달이 지구 주위를 공전하며 지구가 자전하면서 태양주위를 도는 모형이 있었는데 이론으로 알고 있던 것을 모형으로 보니 실감이 났다. 몸무게를 다는 저울도 있었는데 몸무게를 재니 77kg인 몸무게가 목성에서는 거의 200kg이 넘었다. 전시동 안에 있는 천체 영화관에는 둥근 천장이 화면이었고 별자리에 관해 설명하는 화면이 펼쳐졌다. 그곳의 의자는 너무 푹신하였고 추위와 피곤함에 지친 몸은 금세 잠이 들어, 상영 시간이 끝날 때까지 잠에 빠져 있었다. 천체 영화관을 끝으로 김해 천문대를 내려와 차로 돌아왔다. 천문대를 내려와 차 옆에서 컵라면을 끓여 먹고 우리 가족 모두는 차 안에서 잠을 잤다.

다음 날, 돌아오는 길에 아내가 시골의 작은 교회에 가서 예배를 드리고 싶다고 하였다. 양산 톨게이트를 빠져나와 시골 교회를 찾았으나 마땅한 교회가 보이지 않았다. 언양을 지나고 두동까지 오자, 박제상 기념관 올라가는 길에 화전 교회라는 작은 교회가 보였다. 교회 예배 시간까지 시간이 남아 교회 앞에 있는 사슴 목장과 촌집을 들러 구경했다.

오골계로 보이는 닭들이 있었는데 밀집에 달걀을 낳은 것을 신기하게 구경하기도 하였다. 아주 마음씨 좋아 보이는 목사님의 설교를 듣고 집으로 돌아왔다. 집에서 저녁을 먹을 때 큰아이가 한 말이 기억에 남는다.

"천체 망원경으로 본 별들이 선명하게 기억에 남아요."

이틀 동안의 여정으로 힘들었지만, 아이의 그 말에 피곤함이 싹 가시는 느낌이 들었다. 우리 가족에게 그 선명한 별은 언제까지 기억에 남으리라. 별처럼 빛나는 추억으로

아들을 키우는 즐거움

냇물에서

아이들과 함께 고기 잡으러 가기로 약속하고 몇 번이나 시간이 맞지 않아 약속을 지키지 못했는데, 결국 오늘 고기를 잡으러 갔다. 작년에 가서 성과가 좋았던 정자 입구에 있는 개울가로. 반도를 가지고 잡는 재미는 아이나 어른이나 너무 신나는 일이었다. 작년보다 성과는 좋지 않았지만 그래도 냇물은 우리를 배신하지 않았다. 아내는 반도를 잡고 대기하고 아이들과 나는 물고기를 발로 몰았다. 미꾸라지와 이름 모를 고기들이 잡혔다. 올챙이와 장구애비, 수채는 살려주었다. 하지만 황소개구리 올챙이는 냇물 옆 둑으로 버려 살 수 없게 했다. 큰 아이가 황소개구리의 올챙이는 생태계를 파괴하기 때문에 살려두면 안 된다고 했고 그 말에 우리는 동의하였다.

고기를 잡을 때마다 부듯한 그 기분은 무엇과도 비길 수 없는 즐거움이었다. 고기를 잡다가 옷이 다 젖었고 둘째 아이는 아예 냇물에 몸을 감았다. 반도를 잡은 아내도 나도 땀이 났지만, 냇가의 시원한 바람이 땀을 씻어 주었다. 그렇게 잡은 고기들은 밤늦은 지금 창가 어항 옆에 마련한 간이 어항에서 황당한 표정으로 헤엄치고 있다.

바닷가에서

고기잡이를 마치고 근처 바다 포구인 우가포로 꽃게를 잡으러 갔다. 엄밀히 따지면 꽃게는 아니지만, 우리 가족은 작은 게를 편하게 꽃게라고 부른다. 꽃게는 바닷가 돌 밑과 얕은 물속의 돌 틈에 숨어 산다. 처음에 우리는 꽃게가 어디에 사는지 어떻게 잡는지 방법을 잘 몰랐다. 하지만 자주 꽃게를 잡으러 가다 보니 요령이 생겼다. 맨손으로 잡으면 물리기도 하고 잘 놓치게 되는데, 장갑을 끼고 잡으면 물려도 아프지 않고 잘 잡을 수 있다.

물가에서 아이들과 함께 꽃게를 잡다가 얕은 물속으로 들어가 꽃게를 잡았다. 그런데 꼭 뱀장어같이 생긴 물고기 한 마리가 돌 속에 숨어있는 것이 보였다. 손으로 잡으려고 하니 아무래도 징그러워 어떻게 잡을까 머리를 굴리며 주위를 보니 프라이팬 형태의 기구 하나가 보였다. 그것을 고기 앞에 대고 돌을 들춰내니 고기가 그 기구 속으로 들어갔고 순식간에 그것을 들어 올려 그 고기를 잡았다. 나의 전리품을 아이들에게 보여주니 너무나 즐거워했다. 계속해서 아내와 아이들은 꽃게를 잡고 나는 좀 더 깊은 곳으로 들어가 참고동을 잡았다. 잠깐 잡았는데 한 손이 모자랐다. 쓰고 있던 모자를 벗어 참고동을 넣고 30분가량 잡으니 모자에는 참고동으로 가득했다.

아내와 큰아들은 데이트 중

오늘 우리의 어획량은 상당했다. 냇가에서 잡은 미꾸라지와 이름 모를 고기들, 뱀장어 비슷하게 생긴 고기 한 마리, 참고동과 꽃게들. 집에 돌아와서 고기들은 어항에 넣어두고 참고동은 삶고 꽃게는 참기름에 튀겼다. 아이들과 오늘 있었던 이야기를 하며 먹었는데, 아이들이 너무 맛있게 잘 먹었다.

저녁을 먹고 책을 들고 누웠는데, 피곤했던지 스르르 잠이 들었다. 얼마의 시간이 지났을까 아내와 큰 아이의 소곤거리는 소리가 들렸다. 비 오는데 우산 들고 학교 운동장으로 간다는 것이었다. 웬일인가 싶어 잠이 깨었는데, 둘은 벌써 밖으로 나간 후였다. 일어나 창밖을 보니 제법 비가 많이 내렸다. 내리는 비를 보고 있자니 '큰 아이와 아내가 비 오는 날 우산을 쓰고 데이트를 하러 갔구나!' 하는 생각이 머리를 스쳤고, '아이가 벌써 엄마와 데이트를 할 만큼 자랐구나!' 하는 생각에 세월이 빠름을 느꼈다. 둘은 무슨 이야기를 할까 하고 생각해보니, '오늘 낮의 무용담을 이야기하지 않을까.' 하는 생각이 들었다. 그들이 무슨 이야기를 하든

아내와 아이는 지금 데이트 중이다.

우리 집 바퀴벌레

아이와 아내가 아파트 문을 열고 들어왔다.

"아이들 잠처럼 왜 잤다 깼다 해요?"

아내의 이야기다.

"잠이 깨어서 글 좀 쓰려고."

그 이야기를 하는 순간, 방바닥에 바퀴벌레 기어가는 것 같은 소리가 났다. 소리가 난 쪽으로 둘러보니 운 좋게도, 튀김이 될 번한 꽃게 한 마리가 방바닥을 기어 다니고 있었다.

태풍에 휩쓸려 온 뱀 한 마리

교회 예배를 마치고 아내와 집으로 가던 중, 아파트 앞 문구사 앞에 아이들이 모여 웅성거리고 있는 것을 보았다. 그중에는 우리 집 큰 애 성원이도 끼어 있었다.

"성원아, 뭐하니?"

"응, 아빠 이 밑으로 뱀이 한 마리 들어갔어."

"뭐, 뱀?"

문구사 앞에는 다리가 부러져서 하나도 남아 있지 않은 평상이 하나 있었는데, 그 밑으로 뱀이 한 마리 들어갔다는 것이다.

순간, 독사가 아닐까? 독사면 위험할 수도 있겠구나 하는 생각이 들었고 아이들을 평상 주위에서 비키게 하였다. 그러던 중 문구사 주인 할머니가 말했다.

"이 밑에 들어가는 뱀을 봤는데, 독사가 맞는 것 같더라."

그 말을 들은 즉시 평상 주위로 가 찾아보았지만, 뱀은 보이지 않았다. 사실 뱀에 대한 지식이 없는 나로서는 뱀을 잡는 것이 무리라는 생각도 들었다. 그래서 119로 전화를 걸었다.

"여기 독사로 추정되는 뱀이 숨어있는데, 이런 일에도 119가 출동을 해 줍니까?"

"물론입니다. 위치가 어디죠?"

대충 위치를 이야기하고 119를 기다렸다.

15분 정도 경과 후 아저씨 두 분이 왔다. 평상을 들치니 빨간색에 까만 줄무늬가 있는 뱀이 한 마리 들어있었고 119 아저씨들은 익숙한 솜씨로 뱀을 잡았다.

그 아저씨들이 무척 고맙게 느껴졌다. 그 뱀이 독사든 독사가 아니든 간에 그 위치는 아이들이 많이 노는 장소이고 만약 최악의 경우 그 뱀이 독사이고 아이들이 물렸을 때 위험해질 수도 있는 상황이었다.

전화 한 통화 하고 119 아저씨가 출동하고 어찌 보면 아무 일도 아닐 수 있는 상황이지만, 아이가 물렸다고 생각하면 그것은 큰일이 될 수도 있다.

위험은 미리 제거하는 것이 좋고 어떤 일에든 사전에 대비가 되어 있어야 한다는 것을 다시 한번 느끼게 되었다. '그 뱀에 내 아이가 물릴 수도 있는 것이 아닌가, 비단 내 아이뿐만이 아닌 모든 아이가 내 자식 같지 않은가?'

그런데, 주택가 한복판에 어떻게 그 독사가 들어왔을까? 아내는 이번 태풍에 날려 왔지 않을까 하는 기가 막힌 추리를 해내었다.

코심이와 코돌이

　부드럽고 노란 깃털이 보송보송한 병아리 두 마리를 아이들이 학교 앞에서 사 왔다. 아이들은 병아리의 이름도 멋지게 지었다, 애동이와 개동이로. 병아리를 보니 내 어릴 적 기억이 되살아났다. 어릴 때 병아리를 사 와서 아무리 공을 들여도 죽어버린 기억이. 그런 탓에 병아리 같은 것은 사지 말라고 그 전에 이야기한 적이 있었다. 그런데 아이들은 엄마를 졸라대었고, 엄마도 병아리를 키워보는 것이 괜찮을 거란 판단에 허락해 주었다.

　하지만 며칠이 지나자 애동이와 개동이가 시름시름 앓더니 그만 죽어버렸다. 아이들과 아내가 눈물을 찔끔거리며 슬퍼했다. 죽은 병아리를 아파트 뒤쪽 양지바른 곳에 묻어주었다. 병아리를 묻고 나니 문득 어차피 키울 거면 튼튼한 놈으로 사서 길러보자는 생각을 하였다. 아무래도 촌닭 병아리는 쉽게 죽지 않을 거라는 생각이 들었고, 다음 날 아침 일찍 아내와 아이들과 동물시장엘 갔다. 동물시장의 아침 풍경은 아이들의 호기심을 자극하기에 충분했다. 동물시장의 아침은 분주했다. 개와 고양이 염소, 토끼, 오리, 닭 등을 파는 사람과 사는 사람들, 그리고 동물들의 꽥꽥거림이 정신을 어수선하게 만들기에 충분했다.

촌닭의 병아리를 살까 하고 갔었는데, 생각보다 병아리가 컸다. 거의 중닭 정도로. 그래서 병아리보다는 새끼 오리 두 마리를 샀다. 코가 컸기에 오리의 이름을 암놈은 코심이, 수놈은 코돌이로 지었다. 오리를 사서 아파트 베란다에 두었는데, 아이들이 얼마나 자랑을 했는지 며칠 동안 우리 집은 동네 아이들로 북새통을 이루었다. 그런데 문제가 생겼다. 오리들이 집안 전체를 돌아다니며, 똥을 싸고 집을 어지럽게 하고. 또한, 기관지가 약한 아이들이 걱정도 되었다. 그래서 집에서 추방하여 어머님이 사는 주택 마당으로 오리를 옮겨 버렸다.

아이들은 반대하였지만, 애초에 아파트에서 오리를 키우는 것은 무리였다. 할머니에게 잘 키우겠다는 약속을 받았다고 아이들에게 말해주었다. 하지만 다음에 집에 갔을 때 오리는 보이지 않았다. 아마도 도둑고양이가 물어간 것 같았다. 하지만 우리 가족의 마음에 그 오리는 오랫동안 추억으로 살아있으리라.

큰아들 미대 보내기

1992년 9월 3일 첫아들 성원이를 낳으면서 아버지가 되었다. 성원이는 가족 모두의 축복 속에서 태어났고, 그때 성원이가 하고 싶은 것은 무엇이나 하게 해주자는 다짐을 했다. 돌이켜보니 성원이에게 못 해준 것이 많았지만, 내 나름대로는 최선을 다했다.

성장 과정에서 아빠가 옆에 있어야 할 때는 언제나 함께 해주고 싶었다. 유치원 발표회 때부터 초, 중, 고등학교를 졸업할 때까지 옆에 있어 주었고, 미대에 가기 위해 서울에 있는 학원을 갈 때도 함께 가서 방을 얻어주었다. 그리고 아빠로서 판단이 필요할 때는 여러 가지 상황을 종합하여 내가 할 수 있는 최선의 판단도 해주었다. 그리고 성원이가 하는 판단이 크게 잘못되지 않았다는 생각이 들면 존중해주었다.

"아빠, 저 미대 갈래요."

고등학교 2학년 말에 나에게 한 말이다. 다른 학생은 미대에 가기 위해서는 고등학교 1학년 때부터 준비를 하는데, 성원이는 너무 늦게 미대를 가려 했다.

"다른 아이들은 미리 준비하는데 넌 너무 늦은 것 아냐?"

"그래도 1년이란 시간이 남아있고 지금부터라도 열심히 준비하면 갈 수 있어요."

내심 불안한 생각이 들었지만, 성원이가 태어났을 때 한 다짐(성원이가 하고 싶은 것은 무엇이나 하게 해주자)이 뇌리를 스쳤다. 성원이는 미술에 대해 크게 뛰어나지 않았지만, 예술적인 감각은 있다는 생각을 늘 하곤 했던 터라 허락해주었다. 성원이가 미대를 가고 싶어 한 이유를 묻지 않았다. 나름대로 생각이 있어 한 말이라 생각했고 아직 그 이유를 성원이에게 듣지 못했다.

고3 내내 울산에 있는 미술학원에서 실기를 준비했다. 수시 두 달을 남겨 두고는 서울 홍대 앞에 있는 고시촌에 방을 얻었고, 학원 입시 반에 들어가 실기 준비를 했다. 한 달에 한 번씩은 서울로 가서 성원이가 잘 있는지를 살폈다. 겨울, 울산보다 상대적으로 상당히 추운 서울에서 고군분투하고 있는 아이가 안쓰럽기도 했지만, 자신의 미래를 위해 준비하는 과정은 그런 추위 따위는 아무런 문제가 되지 않았다.

드디어 수시 입시 시즌이 되었다. 성원이는 늦은 준비로 하여 대학교에 대한 정보를 알기 쉽지 않았다. 그렇다고 해서 학원에서 그 많은 학생 한 사람 한 사람을 위해 맞춤형으로 준비해주지도 않았다. 학교마다 입학 전형이 달랐다. 내신이 50% 실기 30% 면접 20%인 학교도 있었고, 내신 40%, 실기 40%, 면접 20%인 학교도 있었다.

"성원아, 넌 실기에만 전념해라. 정보는 아빠가 분석해서 알려줄게."

그렇게 말하며 인터넷을 뒤져 각 대학의 입시 전형을 연구하기 시작했다. 성원이가 수도권 학교를 원했기 때문에 수도권 위주로 알아보았다. 성원이는 내신은 어느 정도 나왔지만, 실기에 약했기 때문에 실기 비중이 낮은 학교를 찾았다. 그리고 실기, 내신, 면접 등에 나름의 가중치를 부여해 엑셀로 표를 만들어 학교마다 합격 가능성을 확률로 내어보았다. 최종적으로 성원이에게 내가 분석한 자료를 제시하였고, 선생님과 협의를 하여 지원학교를 정하게 했다. 그래서 수시에 선정한 학교는 홍대 천안분교, 중앙대, 한양대, 경기대 등이었고 학원에서는 한양대를 타깃으로 실기 준비를 하였다. 경기대학교도 만만치 않은 학교였지만 실기 비중이 상대적으로 낮아 내신 등급이 좋은 성원이가 안정권으로 판단한 학교였다.

홍익대학교 천안 분교에 갈 때는 울산에서 새벽에 가족 모두가 함께 출발했다. 가는 길에 금강 부근 다리 위를 지날 때, 안개가 자욱하여 한 치 앞도 볼 수 없는 상황에 이르렀다. 태어나고 그렇게 자욱하게 안개가 낀 것은 처음이었다. 속도를 최대한 줄이고 거북이걸음으로 갔었는데, 아마도 그때 뒤에서 오는 차가 있었으면 십중팔구 사고가 났을 것이다. 그때 가족 모두는 잠이 들어있었는데, 그 다리를 지나자 안개가 걷혔다. 등에서 식은땀이 흘렀지만, 가족들은 모른 채 잠을 잤다.

홍대 천안 캠퍼스에 도착하여, 첫 실기 시험을 치르고 나온 성원이는 아쉬움이 많이 남은 것처럼 보였고, 결국 떨어졌다. 두 번째로 시험을 본 것이 에리카 한양대학교 미대이다. 시험을 치르는 날 울산에서 서울까지 올라가 성원이를 응원했다. 그날은 무척 추웠고 성원이를 고사장으로 보낸 후 난 밖에서 기다렸다. 시험을 치르고 나온 성원이는 잘 보았다는 말을 해서 약간은 기대를 하였다. 하지만 결과는 예비 11번이었다. 그 가능성에 기대를 걸어보았지만 결국

불합격되었다. 그다음은 성원이 스스로 찾아가 시험을 보았다. 울산에서 서울까지 매번 올라가기란 쉽지가 않았다. 중앙대학교에도 떨어지고 최종적으로 안정권이라 생각했던 수원에 있는 경기대 산업디자인과에 합격하였다.

태어나서 처음으로 성원이 덕분에 수원을 가 보았다. 마침 수원에는 기혁이란 친구가 살고 있었고 그 부인이 부동산 일을 하고 있었기에, 친구의 도움으로 경기대 앞에 성원이가 지낼 방을 쉽게 얻을 수 있었다. 그렇게 해서 울산의 아들 성원이의 수도권 분투기가 시작되었다. 입학하는 성원이를 보며, 처음 태어났을 때가 생각났다. 이 아기의 미래가 어떻게 펼쳐질까 궁금하였는데, 그 궁금증 중의 하나가 현실로 나타난 것이다.

아빠 자격증

앨범을 정리하다 예전에 만든 상장이 보였다. 내가 두 아들에게 준 '착한 아들 상'이다. 아내와 내가 아들 둘을 경주 조카인 라윤이에게 맡기고 집을 며칠 떠났다 돌아온 적이 있다. 그때 초등학생인 두 아들에게 준 상이다. 일반적으로 상이란 것은 우등상이나 대회에 나가서 받는 상을 연상한다. 하지만 꼭 그러라는 법은 없다. 엄마 아빠 없이도 보살펴준 사촌 누나 말 잘 듣고 무사히 있어 준 아들들이 너무 대견하여 상을 주고 싶었다. 그래서 그 내용을 적어 상으로 주었다. 또한, 아이들을 돌보아준 조카에게도 '고마워 상'을 만들어 주었다. 그냥 주면 장난으로 여길 것 같아 깨끗한 옷을 입게 하고 나도 정장을 입고 아이들을 세운 후 상장을 주었다. 아이들과 아내, 조카가 손뼉을 치며 너무 좋아하였다.

지난날의 그 상장을 보며 흐뭇해하던 중 문득 '임명장도 만들어 주면 어떨까.' 하는 생각이 들었다. 비록 우리 부부는 못 하였지만, 결혼하는 신혼부부는 서로에게 남편 임명장, 아내 임명장을 만들어 주는 것이다. 천편일률적인 양식으로 만드는 것이 아닌 둘만의 연애 시절 추억이 담긴 사진을 배경으로 하여

"○○○을 ○○○ 남편의 자격을 취득하였으므로, 이 임명장을 드립니다."

와 유사한 표현을 담아서. 어렵게, 어렵게 결혼을 하지만 요즘 세태는 너무 쉽게 이혼하는 경향이 있는 것 같다. 결혼 생활에 대한 막연한 동경이 어려운 상황에 부딪히면 너무 쉽게 깨어져 버린다. 이혼이라는 극단의 선택을 하기 전에 자신이 준 임명장을 본다면 결혼할 때의 행복했던 모습이 떠올라, 이혼에 대해 다시 한번 생각해보는 계기가 될 수도 있다. 그것이 아니더라도 당신은 나의 배우자가 될 자격이 있다는 것을 기념하는 증서를 벽에 붙여두고 매일 본다면, 볼 때마다 '우리는 부부다.'라는 자존감이 무의식에 차곡차곡 쌓여 어려운 일이 닥치면 그것을 함께 극복할 힘이 되지 않을까?

"○○○을 ○○○의 아빠 자격을 취득하였으므로, 이 임명장을 드립니다."

와 같은 아빠의 임명장은 어떨까? 결혼하고 아이를 낳으면 아빠, 엄마가 된다. 그런데 요즈음 뉴스가 보기 겁이 날 정도로 아이를 학대하는 부모가 많다. 그런 사람은 과연 부모의 자격을 갖고 있을까? 아이를 학대하고 싶어도 이 임명장이 벽에 걸려있다면 부모로서 하지 말아야 할 일들을 떠올릴 수도 있으리라. 또한, 가정을 돌보지 않는 아빠가 있다면 그 자격증을 보고 아이를 생각하며 가장으로서의 책임감을 느끼게 될 것이다. 불륜을 저지르는 배우자가 있다면 벽에 걸린 아내 임명장, 남편 임명장을 본다면 자신의 위치를 다시 생각해봄으로 가정으로 돌아올 수도 있으리라.

아들이 두 명이다. 그 아들이 결혼하면 며느리 임명장을 수여하고 싶다. 그

리고 아들이 손자를 낳는다면 손자에게도 나의 손자 임명장을 수여할 것이며, 아내에게는 할머니 임명장, 나에게는 할아버지 임명장을 수여할 생각이다.

머릿속에 생각으로 존재하는 것과 눈으로 보는 것과는 큰 차이가 있다. 100m 달리기를 할 때 목표를 보고 달리는 것과 목표를 생각만 하고 달리는 것과 같다. '꼭 이렇게 임명장을 만들 필요가 있을까?'라는 의문을 제기할 수도 있으리라. 그렇다면 이름이라는 것은 왜 필요할까? 이름은 자신의 존재감을 가지게 하는 역할을 한다. '나는 누구누구다.'라는 존재감. 그것처럼 자신의 위치나 역할에 대한 임명장을 문서로 만들어 벽에 걸어둔다면, 자식은 부모에 대해 부모는 자식에 대해 가족 구성원은 다른 가족 구성원에 대해 더 많은 존재감과 애정을 갖게 될 것이다.

이것이 하나의 사회적인 문화로 자리매김한다면, 좀 더 나은 사회가 되지 않을까?

벚꽃은 졌지만, 추억은 쌓이는 여행
아이들에게는 아빠가 필요한 시기가 있다

1.

울산에는 그 중심을 흐르는 태화강이 있다. 그 강에는 여러 개의 다리가 있는데, 태화교도 그중 하나의 다리이다. 태화교 아래에서 나는 여섯 살, 네 살인 아들과 함께 있다가

"여기서 10분만 기다려, 아빠 금방 갔다 올게. 우리 맛있는 것 먹으러 가자."

큰아들이 잔뜩 기대에 찬 얼굴로 손에 찬 시계의 초침을 가리키며

"아빠 10분이면 이 바늘이 몇 바퀴나 돌면 되는데?"

"응 10바퀴만 돌면 돼. 다른 데 가지 말고 꼭 이 자리에 있어야 해."

"알았어."

아이에게 손을 흔들어 주며 주차장에 있는 차를 가지러 갔다.

그런데 가는 중에 직장 상사인 김 부장을 만났다.

"윤 과장, 아주 잘 만났네. 지금 아주 중요한 일 때문에 가고 있는데, 인터넷

으로 우리 회사 홈페이지에 들어가 제품 하나만 좀 조회해주면 좋겠어."

직장 상사의 부탁을 거절하지 못하고 조회하는 동안 김 부장은 전화기를 들고 어딘가에 전화하고 있었다.

그 시간 큰아들이 초침 돌아가는 것을 보고 있다가

"열 바퀴 다 돌았다. 어! 아빠가 안 오네."

"열 한 바퀴."

"열다섯 바퀴."

"우리 아빠 찾으러 가자."

그리고는 동생 손을 잡고 다리 위로 올라갔다.

잠시 후 김 부장이 원하는 정보를 찾아 주고는 시계를 보니 20분이 지나있었다. 아차 싶어 아이들 있는 곳을 보니 아이들이 없어졌다. 한참 주위를 둘러보니 큰아이가 작은아이의 손을 잡고 다리 위로 올라가고 있었다.

다리와 이어진 도로 위로 올라가는 모습을 보니 '저러다 사고가 날 수 있겠다.'라는 생각이 들자 마음이 급해졌다. 김 부장에게 간다는 말도 못 하고 아이들이 있는 곳으로 뛰어갔다.

아이들은 점점 도로 쪽으로 걸어가고 마음이 급해진 나는 달리기 시작했다. 그러다 넘어졌다. 양복바지가 찢어져 피가 났지만, 아랑곳하지 않고 다시 일어나 뛰기 시작했다. 마음이 급해서인지 다리가 생각대로 움직여주지 않아 또 넘어졌다. 아이들이 무사하기만 하다면 진짜 잘해주어야겠다는 생각이 스쳤다.

"안 돼. 도로로 가면, 안돼. 그 자리에 있어 아빠 간다."

아이들의 걸음은 점점 도로 가까이 걸어가고, 나는 혼신의 힘을 다해 뛰어갔다. 그리고 아이들이 도로를 막 건너려 할 때, 그 앞에 도착하여 아이들을 막을 수 있었다. 한 걸음만 더 나아갔더라면 큰 사고로 이어질 뻔하였다. 이마엔 땀이 송골송골 맺혀있었고, 찢어진 바지 사이로 피가 나고 있었다.

"휴. 정말 다행이다. 아빠가 어디 가지 말고 있으라고 했잖아?"

"응, 아빠 기다리다 안 와서."

꿈이었다. 안도의 한숨을 쉬며 꿈에서 깨어났다. 그리고 모든 것은 때가 있다는 생각이 들었다. 그때를 놓쳐버리면 다시 돌이킬 수 없다. 꿈이었지만, 아이들은 아빠를 기다리며 얼마나 초조했을까? 시계의 초침 돌아가는 것을 보며 얼마나 아빠를 기다렸을까?

2.

어제는 일요일이라 교회에 다녀오면서 아내에게 꿈 이야기를 들려주었다. 그리고 둘째와 함께 여행을 가고 싶다고 말했다. 아내는 기꺼이 그러라고 하였고, 집에 와서 둘째에게 여행을 가자고 했다. 둘째의 얼굴을 보니 꿈속에서 보았던 아이의 어린 시절 모습이 떠올랐다. 이제껏 내가 아들에게 못 해준 것들이 생각났고 둘째를 보니 아직도 태화강변에서 초조하게 나를 기다리는 꿈속의 어린 시절 그 모습이 그대로 보이는 것 같았다.

내가 알코올 중독에 빠져 아이들과 함께 해주지 못했을 때, 우리 아들들은 얼마나 나를 기다렸을까. 아빠와 함께 놀이동산도 가고, 가족과 함께 여행도 가고, 얼마나 맛있는 것도 먹고 싶었을까? 그 생각이 들어 둘째와 함께 여행하며 함께 시간도 보내고 맛있는 것도 사주고 싶었다. 이제 조금만 더 나이가 들어버리면 해주지 못할 것을 더 늦기 전에 해주고 싶었다. 모든 것은 때가 있지만, 그때가 훌쩍 지나버린 지금이지만, 그래도 무엇이라도 해주어야겠다는 생각이 간절했다. 꿈속에서 아이를 향해 달려가며 애타는 내 마음이 떠올랐다.

"성호야, 오늘 아빠랑 오토바이 드라이브 어때?"

"갑자기 왜 그래요?"

"아빠가 성호 드라이브시켜주고 싶어서 오토바이 타는 것 좋아하잖아."

"좋아요. 가요."

계획된 여행이 아니지만 무작정 둘째를 오토바이 뒤에 태우고 출발했다. 경주를 갈까, 밀양으로 갈까, 정자 바닷가나, 동구 울기등대 등을 이야기하다가 경주에 가기로 했다. 그런데 경주로 가는 길에 오토바이 펑크가 나버렸다. 산업도로이기 때문에 차들이 시속 80km로 달리는 길이라 위험한 상황에 처하게 된 것이다. 아찔한 순간이었지만 다행히 뒤따라오는 차가 없어 넘어지지 않고 도로 옆에 멈춰 설 수 있었다. 오토바이를 길옆에 세워두고 둘이 앉아서 허탈하게 웃었다.

"아빠, 제가 몸무게가 많이 나가서 그런 것 같아요. 살 뺄게요."

"아니다. 너 잘못이 아니다."

그렇게 말하고는 오토바이 가게에 전화해서 위치를 설명해주고 오토바이를 찾아가게 조치했다. 그러고는 아내에게 전화했다.

"여보, 오토바이 타고 가다 경주 가는 산업도로 부근에서 타이어 펑크가 나서 더 못 갈 것 같아요. 차 가지고 태우러 오면 좋겠어요."

아내는 깜짝 놀라서

"다친 데는 없어요? 정확한 위치 좀 찍어주세요."

3.

조금 기다리자 아내가 왔다. 차를 타고 가는데, 아내가

"이왕 내친김에 태화강역까지 태워줄 테니 기차를 타고 어디든 다녀오세요."

"성호야 너 생각은 어때?

"좋아요. 아빠 가요."

그래서 무작정 여행을 시작했다. 기차역에 우리를 내려주고 아내는 카드를 건네주며

"잘 다녀와요."

라는 말을 남기고 떠났다.

역 대기실로 둘이 팔짱을 끼고 들어와 기차 시간을 보니 마땅하게 탈 만한 기차 없었다.

"마땅하게 탈 만한 기차가 없네. 시외버스터미널에 가면 있을 거야 그리로 가자."

기차역에서 나와 택시를 타고 시외버스터미널로 갔다. 그곳에서 시간을 보니 창원으로 가는 버스가 10분 후에 출발했다. 다른 생각하지 않고

"우리 창원으로 가볼까?"

"그곳에 뭐가 있어요?"

"아빠도 몰라 무작정 가보는 거지 뭐."

어차피 계획을 세워 움직이는 여행이 아니고 무작정 출발하는 것이라서 목적지는 어디라도 좋았다. 그래서 도착한 곳이 창원이었다. 창원 터미널에 나와서 관광안내도를 훑어보았지만, 딱히 가고 싶다는 생각이 드는 곳이 없었다. 어차피 무작정 가는 여행이니 아들에게

"시내버스 정류장으로 가서 처음으로 오는 버스를 타고 가자."

아들도 동의하여 터미널 앞에 있는 시내버스 정류장으로 가서 첫 번째로 오는 버스를 탔다. 그 버스는 지선버스라서 작은 도로를 달렸다. 한 30분가량을 달리다 버스는 종점에 도착했다. 시내버스 기사에게 가서 물었다.

"기사 아저씨 저희 울산에서 왔는데, 창원에 어디 갈만한 곳이 있습니까?"

"창원은 그렇게 볼만한 곳이 없고, 마산으로 한번 나가보세요. 저쪽에 가면 가는 버스가 있을 겁니다."

기사가 말한 곳으로 가니 마산으로 가는 시내버스가 있었다. 버스를 타고 달리니 도로 옆에 벚꽃들이 줄지어 피어있었다. 며칠 전 비가 내려 벚꽃이 떨어지기는 했어도 아직은 볼만했고, 멀리 보이는 연둣빛 산은 봄의 생명력을 느끼기에 충분했다. 한참을 구불구불한 벚꽃 도로를 달려 도착한 곳이 진해였다. 우리가 생각한 곳은 마산이었는데, 그 버스는 진해를 거쳐서 가는 버스였다. 진해의 중심 도로를 달리는데 사람이 많은 곳이 보였다. 아들이 갑자기

"아빠, 여기 한번 내려 봐요. 사람이 많이 모여 있는데 뭐 때문인지 보고 가요."

어차피 마산에 꼭 가야할 이유가 없었기에 아들과 사람이 많이 있는 곳에 내렸다. 그런데 그곳이 진해 군항제 행사하는 곳이었다. 애초에 진해 군항제에 올 생각을 하지 않고 무작정 출발했는데, 진해 군항제에 오게 된 것이다. 군항제 행사장 주변에는 차량이 통제되었고, 큰 도로 양 쪽에는 음식을 파는 천막들이 끝없이 이어져 있었다. 천막 앞 곳곳에는 돼지 바비큐를 하며, 사람들의 눈과 코를 유혹하고 있었다.

"돼지고기 맛있겠다. 먹을래?"

"배 안 고파요."

진해 군항제는 벚꽃과 음식과 사람들로 지천이었다. 아들에게 무엇이든 먹이고 싶어 행사장을 돌며

"저것 먹을래?"

란 소리만 열 번은 한 것 같고, 아들은

"배 안 고파요."

라는 답을 열 번은 한 것 같다. 그렇게 둘이 사진도 찍고 구경도 하면서

"아무런 계획도 안 세우고 왔는데, 정말 여기에 잘 온 것 같지? 우리가 운이 좋은 모양이다."

"맞아요."

4.

그렇게 돌아다니는 중에 사람들이 길게 줄을 서 있는 곳이 보였다. 그곳은 제왕산까지 모노레일로 올라가는 줄이었다.

"저것 한번 타볼까?

"예, 좋아요. 아빠."

모노레일을 타고 올라가니 위에는 박물관이 하나 있었는데, 8층에 진해 시내를 전망할 수 있는 공간이 있었다. 그곳에서 바라본 진해 시내는 도로마다 벚꽃이 피어 있었고 멀리 바다가 한눈에 내려다보였다. 박물관 안에는 군항 도시 창원시 진해구의 역사가 사진과 유물과 함께 잘 정리되어 있었다.

다음으로 들른 곳이 여좌천이었다. 굴다리를 지나 올라가니 작은 천이 있었고 천 주변에는 산책로가 조성되어 있었는데, 양쪽으로 벚꽃이 화려하게 가득 피어있었다. 진해는 온통 벚꽃 천지라는 생각이 들었다. 그곳에도 사람으로 가득 차 있었고, 멋진 꽃길을 따라 걸으며, 아들에게 또 물었다.

"저것 사줄까?"

"배 안 고파요."

아들은 내 마음도 모르는 채 사주려고 하는 것마다 안 먹는다는 말만 했다.

그러고는

"아빠, 우리 돈 아껴서 나중에 맛있는 것 먹어요. 그것이 맛있는 것에 대한 예의예요."

"넌 음식에까지 예의를 차리냐?"

라고 말하고선 더 권유하지 않았다.

"진해에는 예쁜 여자들이 진짜 많네요. 내년엔 저도 여자 친구 만들어 여기에 오고 싶어요."

"제발 그래라."

"저기 꽃으로 만든 화관이 보이네요. 엄마 사주면 좋아할 텐데."

"야, 저걸 어떻게 울산까지 들고 가냐?"

이런저런 이야기를 나누며 걷는데, 세계를 다니며 배낭여행을 하는 중이라며 사진을 파는 외국인을 보았다. 대단하다는 생각이 들어 2천 원을 주고 사진을 한 장 사고 함께 사진도 찍었다. 언젠가 나도 저런 여행을 한번 해보고 싶다는 생각을 하지만, 가능할지는 의문이다.

그렇게 돌아다니니 시간은 오후 5시가 넘어있었다. 그때 마침 거리에 플래카드가 붙여진 것이 보였다. 아들이 좋아하는 초밥이었다. 아들이 그것을 보더니

"아빠, 초밥 먹으러 가요."

"그래 가자."

폐쇄된 진해역 앞은 복개천이 있었는데, 초밥 식당은 그곳에 있었다. 생각외로 가격이 저렴했다. 아들 식성을 아는 터라, 3인분을 시켰는데, 아들은 음식에 대한 예의를 지키는 것인지 아주 맛있게 잘 먹었다. 식사를 마치고 진해시외버스터미널에 갔는데, 울산으로 바로 가는 차는 6시가 막차였다. 할 수 없이

우리는 부산 서부 터미널까지 가는 차를 탔다. 타자마자 피곤이 몰려와 나는 잠에 빠졌다. 서부 터미널에서는 바로 울산에 오는 버스가 없었다. 할 수 없이 지하철을 타고 노포동까지 와서 울산으로 가는 버스를 탔다. 집에 돌아오니 시간은 11시가 넘어있었다.

일요일이라 아무 일도 일어나지 않을 수도 있었겠지만, 오토바이 사고부터 창원, 진해 여행까지 많은 일이 일어난 하루였다. 아들과 나는 좋은 추억을 공유했다는 것에 보람이 있었다. 다시 지난 밤 꿈 생각이 났다. 아빠를 기다리는 어린아이의 마음을 조금이라도 달래주었다는 생각이 들어 약간의 위안이 되는 하루였다. 모든 것은 때가 있다. 만약 조금이라도 늦게 도착했더라면, 꿈속의 아이들은 교통사고가 날 수도 있었으리라. 때를 놓치면 다시 돌이킬 수 없고, 그것은 화로 돌아올 수도 있다. 난 지금이라도 우리 아들들이 아이 때 못 해준 것을 다해주고 싶다. 아들 둘은 다 커버렸지만, 그래도 그 마음속에는 어린아이가 들어있을 것이다. 어릴 때 만족하게 해주는 만큼은 못 할지라도, 아들들의 마음속에 있는 어린아이의 기다림을 해소하여주고 싶고, 그 어린아이가 하고 싶었던 것을 지금이라도 해주고 싶다. 그 아이가 해맑게 웃을 수 있게.

"지금 당신의 어린아이는 당신이 무언가를 해주기를 애타게 기다리고 있는 것은 아닌가?"

덧붙이는 글
'무조건 여행'이라 이름 붙인 둘째와의 여행에 대해 아내는
"벚꽃은 졌지만, 추억은 쌓이는 여행"
이라며 시적인 표현을 해주었다. 이보다 더 적절한 표현이 어디 있으랴. 둘째와 갑자기 여행을 떠났고, 생각 이상의 좋은 추억을 가슴 가득 담고 왔다. 아

들에게나 나에게나 오랫동안 잊을 수 없으리라. 사람은 추억을 먹고 산다고 한다. 아들이 힘들 때마다 아빠와 함께 떠난 이 여행을 기억한다면 새로운 힘이 생기지 않을까.

어릴 때부터 나는 시를 쓰며 살았는데, 아내도 어느덧 나의 영향을 받았음인지 반은 시인이 되어있다는 생각이 들었다. 부부는 닮는다는 말이 하나도 틀림이 없는 말이다.

"와, 정말 멋진 말입니다. 이 말 제가 좀 써도 되겠어요?"

그래서 기존에 쓴 '무조건 여행'을 '벚꽃은 졌지만, 추억은 쌓이는 여행'으로 제목을 바꾸었다.

아무것도 하지 마라

언젠가 울산 중앙소극장에서 공연했던 연극 '아무것도 하지 마라'를 본 적이 있다. 연극을 거의 보지 않는 나이지만 매일 가서 글을 쓰는 카페 맘스허브에서, 나에게 맛있는 아메리카노를 타 주시는 분이 주연 배우로 나온다는 말을 들었기에 보러 가게 되었다.

조명에 불이 들어오면 나이 많은 한 남자가 보인다. 그는 가족에게 유서를 쓰지만, 그 유서 내용은 끝에 가서야 밝혀진다. 그는 군인으로 재직하다 대령으로 예편해 군인연금으로 아내와 딸 둘, 사위와 자신의 동생까지 사는 문제를 해결한다. 딸 하나는 우울증을 겪고 있고, 다른 딸의 남편인 사위는 실직을 하였다. 동생 또한 결혼도 하지 않고 자신에게 빌붙어 사는 형편이어서 돈을 버는 사람이 없다. 하지만 그는 병으로 한 달밖에 살지 못한다는 의사로부터의 사형선고와 같은 말을 듣게 되고, 그가 죽으면 군인 연금은 더 받지 못한다. 그래서 그는 가출한 후 유서를 편지로 보내고 낯선 곳에서 죽게 된다. 편지로 온 유서 내용은 자신을 찾지 말 것이며 자신을 살아있는 것으로 하여 계속 연금을 타서 생활하라는 것이다. 그리고 자신은 행려병자로 신원미상인 채 죽겠다는 것이다. 혹시나 자신의 시체가 발견되어 죽은 것이 밝혀지면 연금이 끊길 것을 우려해 '아무것도 하지 마라'는 유언을 남기게 된 것이다.

아버지라는 자리는 그런 자리이다. 문득 아내와 가족이 생각났고 죽은 대령의 가족과 교차하여 생각이 복잡했다. 연극에 나오는 그 아버지는 자신이 죽는 순간까지 남은 가족을 걱정하는 아버지인데 난 두 아들을 위해 무엇을 하였는가? 하는 자괴감이 밀려왔다. 벌어놓은 돈도 없고 가장으로서 제대로 행동도 하지 못했다. 대령처럼 연금도 없고 나이만 들었다. 그래도 용기를 잃지 않게 격려해주는 아내가 있어 다행이다. 연극의 제목은 '아무것도 하지 마라.' 이지만 백수인 지금 나의 현실은 '무엇이나 해야 한다.' 이다.

아내와 두 아들, 그들이 가족이 된 것은 지구란 별에 태어난 나에게는 더할 나위 없는 축복이다. 그런 복을 지키는 일이 가장으로서 해야 할 일이다. 아들이 올곧게 자라도록 지켜주는 것이 아버지가 해내야 할 일이다. 새는 새끼가 날개에 힘이 실릴 때까지 그래서 혼자 날아오를 수 있을 때까지 먹이고 바람과 적으로부터 지켜낸다. 아버지도 그러해야 한다.

아버지, 남편으로 살아가기가 쉽지 않은 나라이고, 쉽지 않은 시대이다. 가족을 위해 몸을 불사르지만 그런 것을 인정받지도 못하는 이름이 우리나라의 가장이란 이름이다. 가장이라는 의미에는 희생이란 말이 포함되어 있다. 가족을 위해 젊음과 모든 것을 바치고 살만하면 죽게 되는 불쌍한 이름이다. 그런데 아니다. 인정을 받던지 그렇지 못하든지 보다는 자신의 모든 것을 희생함으로 빛을 발하는 가족이란 것이 가장에게는 절대적인 가치가 된다. 그래서 가장은 위대하며, 그래서 아버지는 숭고한 이름이 된다.

보호소에 유기견 맡긴 아들이
서럽게 운 이유

피곤해서 일찍 잠이 들었는데, 잠결에 아내가 우는 소리가 들려 깜짝 놀라 깨어나 보니 아내가 전화기를 들고 울고 있었다.

"아니 무슨 전화인데, 울어?"

"성원이 전화야."

"왜. 무슨 일인데?"

성원이는 수원에서 대학교에 다니고 있는 큰아들이다. 낮에 길을 가는데 유기견 한 마리를 보았단다. 겁에 질린 강아지는 다른 사람은 모두 경계하며 피했는데 유독 자신에게만 친근하게 다가왔다고 한다. 집을 나온 지 얼마나 지났는지 알 수 없지만, 털이 온통 더럽게 되어있는 거로 봐서는 한참이 지난 것 같이 보였단다.

평소 큰아들은 동물을 좋아했다. 어릴 때는 개미를 집에 데려오기도 하고, 풍뎅이, 하늘소 등 별의별 곤충들을 집으로 가져와서 키우곤 했다. 초등학교 다닐 때는 병아리와 오리를 키운 적도 있었다.

고등학교 다닐 때는 길에서 황조롱이 한 마리를 안고 집에 온 적도 있다. 처음엔 새 이름을 몰라 부산에서 동물병원 하는 조카에게 사진을 찍어 보냈는데, 조카는 그 새가 천연기념물 황조롱이이며 맹금류라고 했다. 황조롱이는 어른인 내가 봐도 겁이 날 정도로 컸었는데 큰아들은 겁도 없이 새를 안고 집에 왔다. 집에 데려온 연유를 물으니 도로 옆 화단에 힘없이 앉아있는 것을 봤는데, 손을 벌리니 자기에게 힘겹게 다가와 안겼다고 한다. 그래서 119에 신고하여 새를 가져가도록 했다.

지금은 집에 '축복'이라는 이름의 말티즈를 키우고 있다. 그 개도 큰아들을 유난히 따른다. 수원에 있다 한 번씩 집에 내려오면 축복이는 펄쩍펄쩍 뛰며 좋아서 난리가 난다. 언젠가 큰아들이 동물에게 손을 내미는 눈빛을 본 적이 있다. 그 부드럽고도 선한 눈빛, 그 눈빛이 동물과 교감을 하는 것 같다. 큰아들은 생명을 아끼는 천성을 타고난 것 같다.

다시 원래의 이야기로 돌아가면, 길에서 만난 바둑이를 큰아들이 사는 원룸으로 데려와 씻기고 먹을 것도 주었는데, 얼마나 배가 고팠던지 밥을 주면 주는 대로 다 받아먹더란다. 그래서 이름을 '먹돌이'라 지었단다. 하지만 아직 학생이고 사는 곳이 원룸이라 키울 형편이 안 되어 유기견 분실 센터에 가져다주었단다.

큰아들이 아내에게 전화하면서 운 이유는, 10일 이내에 주인이 나타나지 않거나 분양되지 않으면 유기견 분실센터에서 안락사를 시킨다는 말을 들었기 때문이다. 스물다섯 살의 남자가 자신이 키우지도 않은 강아지가 안락사될 거라는 말을 듣고 울었고, 우는 아이의 전화를 받고 아내도 울었다. 그 일이 있고 난 뒤 며칠이 지난 뒤에 아들에게 전화가 왔다.

"먹돌이가 분양이 되었어요."

큰아들 말에 따르면, 먹돌이를 유기견 센터에 맡긴 후 개 주인을 찾기 위해 사진을 복사해서 전봇대에 붙이고, 주변 지인 중에 키울 사람이 있는지를 알아보고, 인터넷에 사진을 찍어 올리는 등 나름 분양시키기 위해 많은 노력을 했다고 한다. 그런데 마침 키우겠다고 나선 사람이 생겨 분양했다고 한다. 전화기 너머로 들리는 아이 목소리가 함박웃음으로 가득 찼다. 그 웃음을 보고 아내도 너무 좋아했다.

'난, 참 행복하다. 이렇게 순수한 아들과 아내가 내 아들이고 내 아내여서.'

아들의 구두를 수선해 신었더니

큰아들이 내려왔다, 부산에서 군대 선임이 결혼식을 한다고 서울(수원에서 서울로 이사를 했음.)에서 토요일 밤에 울산 집으로. 일요일 특별한 계획이 없던 우리 부부는 부산 예식장까지 아들을 태워주기로 했다. 부산에 도착하니 결혼식까지는 한 시간가량 남아 있어, 근처 백화점으로 갔다. 내 구두를 하나 사려고, 그런데 마음에 드는 것이 없어 아들의 구두를 사주기로 했다. 아들의 구두를 보니 뒤축이 많이 닳아있었다. 아들 구두는 뒤축 외엔 새것이나 다름이 없어 보였다.

요즈음은 대학을 나와도 쉽사리 취직하기 어렵다. 그런 사실을 누구보다 잘 알고 있던 아들은 창업을 선택했다. 산업디자인을 전공한 아들은 친구 두 명과 함께 영등포의 허름한 창고를 빌려 스스로 인테리어를 하고 가죽 공방을 열었다. 창업 자금은 국가에서 진행한 창업 컨테스트에서 1등을 하여 받은 4천여만

원으로 충당했다. 부모의 도움 하나 받지 않고 스스로 개척해 나가는 아들이 무척 대견했다.

저 구두를 신고 얼마나 돌아다녔으면 뒤축이 저리 닳았을까 하고 생각하니 안쓰러운 생각마저 들었다. 창업을 시작하고 어느 정도 안정이 될 때까지는 무척 힘이 든다. 언젠가 머리에 원형탈모가 온 적도 있었다. 그 정도로 신경을 많이 쓰고 많이 쫓아다니는 것 같다. 그 모습이 눈에 선하다. 그래도 아들은 언제나 씩씩하다. 아들에게 전화만 오면 똑같은 대화를 반복한다.

"일은 잘 되나?"

"예, 열심히 하고 있어요."

구두를 사주니 아들은 아주 좋아했고, 그 모습을 보는 것만으로도 내가 새 구두를 산 것처럼 기분이 좋았다. 이것이 원시시대부터 유전자에 각인된 부모의 마음이리라. 난 아들의 구두를 수선하는 곳에 가져가 뒤축을 갈았다. 뒤축을 갈고 나니 새 구두나 다름이 없다. 오늘 아침에 아들에게서 전화가 왔다.

"아버지, 저예요."

"그래, 벌써 일났나?"

"요즈음 여섯 시만 되면 일나요."

"글나, 많이 부지런해졌네. 니 구두 뒤축 갈았다. 갈고 나니 완전 새 구두네."

"아빠, 그 구두 진짜 괜찮은 구두예요."

본의 아니게 요즘 젊은 청년들이 괜찮게 생각하는, 젊은이들이 좋아하는 구두를 신게 되었다. 구두를 신고 거울 앞에 서니 키도 더 커져 보인다. 아들 덕분에 젊어진 기분도 들었다. 지금 구두를 신은 채 글을 쓰는데, 아들의 촉감이 발을 타고 심장으로 들어오는 것 같다.

아들에게 주는 인생 선배의 조언

억울한 일이 자신을 성숙시킨다.

세상을 살다 보면 억울한 일을 당할 때가 많다. 그때마다 울분을 토하고 화를 내고 할 필요가 없다. 어차피 지나가는 일이다. 1년 후에 지금을 되돌아보면 그때도 그 일이 지금처럼 화를 내고 울분을 토할 일일까? 그럴 수도 있겠지만 대부분은 농도가 많이 옅어져 별 감정의 울림이 없다. 누구에게나 자신의 의도가 다르게 해석되거나 오해를 불러일으키는 일이 생긴다. 그것에 지나치게 상처받지 마라. 인간은 사회를 떠나서 살 수 없으며, 그런 얼토당토않은 억울한 일이 자신을 한 단계 더 성숙시키는 일이다.

지옥이 지옥인 이유는 그곳에는 희망이 없기 때문이다.

어떠한 경우에 처하더라도 희망을 잃지 마라. 희망은 번지점프의 로프 같은 것이다. 죽을 것 같은 상황에서도 목숨을 지켜준다. 지옥에는 여러 가지의 혹독한 고문이 있을 것이다. 하지만 지옥이 지옥인 이유는 그곳에 희망이 없기 때문이다. 희망이 없다면 만들어라. 작은 목표라도 세워라. 그리고 실행하라. 희망은 크든 작든 크기가 문제가 아니라 있고 없는 것이 문제다. 희망은 눈덩이와 같다. 손으로 뭉칠 수 있는 크기의 희망만 있으면 눈사람도 만들 수 있게 된다.

자신을 믿어라

자신을 믿어라. 그것이 세상을 살아가는 두려움을 없앨 수 있는 방법이다. 어떠한 경우에라도 자신을 믿지 못하는 상황을 만들지 마라. 일어나지도 않는 미래의 문제에 대해 걱정하며 시간을 허비하지 마라. 문제가 발생하는 그때 고민해도 늦지 않다. 걱정하지 말고 대비를 해라. 걱정은 자신을 믿지 못하는 감정에서 출발하지만, 대비는 일어날 문제를 분석한 후 이성적인 준비를 하는 것에서 출발한다. 먼저 자신을 믿고 대비를 한다면 걱정하는 문제는 일어나지 않으며, 일어난다 하더라도 해결할 수 있다.

자신에 대해서는 자신이 최대의 전문가다

생활에서 얻을 수 있는 교훈은 모두 자신이 알고 있다. 단지 어떤 교훈을 들었을 때 자신이 공감할 뿐이다. 공감이란 것은 나도 그렇게 생각하고 있다는 의미이다. 즉 자신이 알고 있는 일을 발견하게 해주는 것이다. 자신에게 주어진 문제는 자신이 알고 있으며, 그 해결책 또한 자신이 알고 있다. 단지 알고 있는 부분을 실행하지 않을 뿐이다. 살이 찌는 이유는 누구보다 자신이 알고 있으며, 그 문제에 대한 답도 누구보다 자신이 더 잘 알고 있다. 자신만이 자신에 대해 최대의 전문가이며, 어떤 박사보다 더 자신에 대해 잘 알고 있다.

하나님도 외로워서 인간을 만들었다.

다른 사람에게 인기를 얻고 싶으면 먼저 자신이 인기를 받을 수 있는 자격을 갖추어야 한다. 좋은 사람이기를 원한다면 먼저 베풀어야 하고, 찬사를 받고 싶다면 그럴만한 행동이 선행되어야 한다. 그래야 진정한 인기를 갖게 된다. 인기가 없다고 해서 세상에 홀로 버려졌다는 착각을 해서는 안 된다. 인기가 없다고 해서 외롭다는 착각을 해서는 안 된다. 모든 사람이 인기를 가질 수 없으며, 세상에 외롭지 않은 사람도 없다. 하나님도 외로워서 인간을 만들었고, 하나님을 닮은 인간도 외로울 수밖에 없다.

뒤를 보면서 앞으로 운전할 수 없다

운전하다 보면 후진할 때보다 직진할 때가 더 많다. 인생사도 마찬가지다 앞으로 나아가야 할 때가 뒤로 갈 때보다 더 많다. 하지만 운전을 할 때 후진해서 방향을 다시 잡아야 할 때가 있는 것처럼 인생에도 잠시 뒤돌아보며 방향을 정리할 때가 있다. 하지만 후진만 하려는 사람도 있는 것을 간혹 보게 된다. 과거의 일에 집착하여 자신이 가야 할 길을 가지 않는 사람이 그런 사람이다. 누구에게나 가야 할 길이 있고 뒤를 보면서 앞으로 운전할 수는 없다. 과거는 지나가는 풍경으로 두고 앞으로 나아가야 한다. 그것이 인생이다.

계절마다 하나씩 목표를 가져라

계절마다 하나씩 목표를 가져라. 이번 봄에는 꼭 운전 면허증을 따겠다든지, 이번 여름에는 꼭 수영을 배우겠다든지, 이번 가을에는 꼭 사랑하는 사람을 만들겠다든지, 이번 겨울에는 스키를 배우고야 말겠다든지. 하나의 계절에 하나를 이룬다면 1년에 4개의 목표를 이룰 수 있으며, 25년이면 100개의 목표를 이룰 수 있다. 목표를 가진 자와 갖지 못한 자의 인생은 결과에서 많은 차이가 난다. 금전적이든 아니면 행복의 농도든. 목표를 갖지 않은 것보다 갖는 것이 훨씬 더 인생을 기름지게 한다.

자신이 먼저 굳건해져야 가족을 돌볼 수 있다

비행기를 타면 응급 상황에서 먼저 자신이 산소호흡기를 착용하고 옆에 있는 아이에게 산소호흡기를 착용하게 하라는 멘트가 나온다. 아이에게 산소호흡기를 먼저 착용하게 하면 그 순간 자신이 정신을 잃을 수도 있어 비상시에는 아이를 돌볼 수가 없게 된다. 하지만 자신이 먼저 정신을 차린다면 먼저 산소호흡기를 착용해 정신을 잃은 아이를 돌볼 시간을 갖게 된다. 인생이란 것도 마찬가지이다. 자신이 먼저 굳건해져야 가족을 돌볼 수 있다.

노력이란 어떤 일에 대한 시간 투자다

노력은 추상명사이다. 추상명사이기 때문에 여러 가지 의미 부여가 가능하다. 노력이란 시간의 투자라고 생각한다. 노력한다는 말은 어떤 일에 대해 시간을 투자한다는 말로 이해된다. 꼭 시간에 비례하여 일의 성취가 결정되는 것은 아니지만, 많은 시간을 투자하면 최소한 성취될 가능성이 높아질 수 있다. 지식을 쌓으려면 책을 읽어야 한다. 많은 책을 읽기 위해서는 그만큼 많은 시간을 투자해야 한다. 책을 읽기 위해 큰 노력을 해야 한다. 결국, 노력은 어떤 일에 대한 투자다.

게으름을 극복하기 위해선 체력부터 길러라

게으름은 해야 하는 일을 미루거나 하지 않는 것이다. 미루거나 하지 않는 이유는 여러 가지가 있을 수 있지만 게으르게 하는 중요한 이유 중의 하나는 몸의 상태이다. 수치로 말해보자. 몸 상태가 80%의 컨디션이 되어야 할 수 있는 일이 있다고 가정하자. 그런데 그 일을 하는 시간을 저녁으로 설정했다면, 보통 저녁의 몸의 상태는 80%의 컨디션을 유지하지 못할 경우가 많아 하지 못하게 된다. 물론 정신력으로 극복하고 그 일을 할 수도 있지만. 자신이 게으르다고 생각한다면, 그 게으름을 탈피하고 싶다면 먼저 체력부터 기를 것을 권한다. 게으른 습관보다는 체력을 기르는 습관이 더 좋다. 누가 이런 것을 모를까 반문할 수도 있다. 그렇다. 자신이 다 알고 있는 사실이다. 하지만 문제는 행동으로 옮기지 않는 것이다.

자체발광, 자신이 먼저 빛을 내라

자체발광이란 말이 있다. 자신이 빛이 나면 주변에 보이지 않는 것을 보게 된다. 그리고 주변 사람들이 자신을 돌아보게 된다. 반대로 자신에게서 빛이 나지 않으면 주변 사람을 볼 수 없게 되며 주변 사람도 자신을 봐주지 않는다. 자신에게 관심을 주지 않는다고 푸념할 것이 아니라 자신이 먼저 빛을 내자. 자신이 먼저 올곧게 일어서자. 빛을 내기 위한 에너지 그것이 곧 자신감이며, 웃음이며, 상냥함이며, 감사함이며, 배려며, 나눔이다.

돈을 추구하지 말고 행복을 추구해라

돈을 추구하지 말고 행복을 추구해라. 인생의 목적이 돈에 있으면 그 인생은 불행해진다. 돈이 있으면 다 될 것 같지만, 돈으로 할 수 있는 것보다 할 수 없는 것이 훨씬 더 많다. 그중에 제일 큰 하나가 행복이다. 돈을 버는 목적이 행복하게 잘 살기 위함이 아니던가? 그런데 돈만 생각하고 행복이 뒷전이면 돈을 벌어도 행복하지 않다. 로또 당첨자가 다 행복한 삶을 사는 것이 아닌 것과 같다. 무슨 일을 하든지, 먼저 내가 행복한지를 생각해라.

제6장
내 인생의 로또, 울 엄마

유년의 바다 마을, 우가포

어머니에게 가끔 "우가포에 가서 살면 어때요?" 하고 묻곤 한다. 저의가 깔린 질문이다. 어머니만 좋다면 내 가족을 데리고 지금이라도 우가포에 가서 살고 싶어서다. 하지만 어머니는

"내가 그 구석에 들어가서 뭐 하노? 우가포라 하면 진절머리가 난다."

라고 말한다. 왜 그럴까, 아버지의 고향이고 엄마의 고향인 우가포가 왜 진절머리가 날까? 결혼 후 큰형을 낳자마자 아버지가 군대에 가버렸다. 그 당시는 한국전쟁 직후라서 5년 동안 아버지는 군 생활을 하였다. 제대한 후에도 아버지는 바로 우가포로 오지 않고 대구에서 돈벌이를 하였다. 어머니는 남편 없이 우가포에서 모진 시집살이를 하였다. 시어머니의 시집살이가 아니라 동서와 시아주버니의 시집살이였고, 그것은 혹독했다. 얼마나 설움을 많이 받았으면 한까지 맺혔을까. 그래서 우가포라 하면 90살이 다 된 나이에도 진절머리를 친다. 어머니는 억척스레 일했다. 해녀로서 물일을 했으며, 큰집과 우가포의

다른 집 미역 돌 일을 하는 등 동네의 온갖 궂은일을 도맡아 하며 돈을 벌었다. 그리고 대구에서 아버지가 보내온 돈을 합쳐 큰집 건너편에 기와집을 지었다.

그런데 어느 캄캄한 겨울밤이었다. 그 겨울은 내가 여섯 살에서 일곱 살로 넘어가던 겨울이었다. 밤에 자고 있는데 누군가 깨워 일어났다. 호롱불에 누군가의 그림자가 벽에 크게 그려져 있었다. '아버지! 맞다. 아버지였다.' 대구에서 아버지가 온 것이다.

잠이 깨었을 때, 단지 아버지가 왔다는 반가움밖에 없었다. 그러다 잠이 들었고 다시 깨어보니, 우가포에서 조금 떨어진 주전에 있는 어느 집이었다. 밤이 무척 깊었다는 것을 알 수 있었다. 아버지와 어떤 사람이 돈을 주고받는 것이 보였다. 아버지가 나를 보더니 5백 원짜리 지폐를 한 장 주었다. 그때 5백 원이면 무척 큰돈이었다. 10원을 주면 사탕 다섯 개를 사고 10환(1원)짜리 거스름돈을 주던 때였으니. 그날이 우가포란 동네, 작은 기와집에서 살았던 마지막 날이었다. 그날 이후 우리 가족은 울산으로 이사를 왔다.

우가포 살 때, 아버지에 대한 기억은 거의 없다. 돌 때쯤 할머니가 돌아가셨다는데, 그에 대한 기억도 없다. 내 인생에서 할머니 기억이 나지 않는다는 것은 참 아쉬운 일이다. 지금 어머니가 손자인 성원이, 성호에게 베푸는 사랑이 얼마나 큰지 헤아릴 수 없을 정도다. 그런 할머니의 사랑을 받는 우리 아이들이 부럽기조차 할 정도이니. 만약 할머니가 살아계셨다면 나도 그런 큰 사랑을 받을 수 있었을 텐데.

두 살 때쯤, 엄마는 바다에 해녀로 나가고 없었는데, 아가였던 나는 엄마를 부르며 기어서 대문 밖으로 나갔다가는 엄마가 없어지자 울면서 다시 집으로 기어들어 왔다고 한다. 그때 마루에 앉은 할머니가 나를 보며

"아이고, 그래도 지 집이라고 기어들어 오네. 내가 저걸 한번 못 안아주는데

어찌 살겠노."

하며 탄식하였다고 하는데, 그해에 할머니가 돌아가셨다고 한다. 어머니는 할머니 이야기만 나오면 항상 그 이야기를 한다. 이것이 내가 기억하지 못하는 우가포에 대한 첫 번째 이야기이다.

그 당시는 사는 것이 어려웠기 때문에 아기를 보고만 있을 형편이 되지 못했다. 나와 작은 형을 두고 어머니는 해녀 등 바다로 나가 일을 했다. 젊었을 때 모진 고생을 하였기에 성장 과정에서 어머니가 힘들어하는 모습을 전혀 보지 못했다. 어머니도 여자로서 한세상을 살아가는데 왜 힘든 일이 없었을까? 하지만 그런 내색을 전혀 하지 않는 강인한 여자였고, 그런 강인함이 힘든 바다 일을 하면서 단련된 정신력 덕분이 아닌가 하는 생각이다.

우가포 우리 집은 지금도 그 구조가 기억이 난다. 거의 50이 지났지만 구석구석이 다 기억에 남아있다. 마루를 사이에 두고 큰 방과 작은 방이 있었고, 부엌이 큰 방 옆에 붙어있었다. 앞쪽에는 작은 마당과 텃밭이 있었다. 마당 한쪽 구석에는 작은 샘이 있었는데 물이 퐁퐁 올라오는 것이 신기해서 한참이나 바라보곤 하였다.

텃밭에는 계절에 맞는 채소가 심겨 있었고, 봄이나 여름이면 마당에 있는 평상 위에서 밥을 먹곤 하였다. 밥을 먹다가 상추나 오이나 고추를 따서 반찬으로 먹기도 하였다. 우리 집은 바닷가 언덕 위에 있었다. 담 대신 키가 큰 소나무가 동그랗게 둘러쳐져 있었고, 여름이면 그 그림자가 좋았다.

유년 시절은 참 따뜻했다. 어머니만 있으면 모든 것이 좋았다. 봄이면 불어오는 따뜻한 바닷바람이 좋았고, 마당을 날아다니는 잠자리와 나비가 있어 좋았다. 언덕 위에서 내려다보는 수평선은 꿈이었고 환상이었다.

어느 날 잠에서 깨어보니 어머니가 없었다. 멀리서 여우 울음소리가 들렸고,

어머니가 없자 두려움이 몰려왔다. 세상에 태어나 처음으로 두려움의 감정이 무엇인지 깨달은 순간이란 생각이 든다. '여우가 어머니에게 해를 끼치면 어떡하나.' 하는 걱정도 되었다. 겨울이라 바람이 세차게 불어 문풍지를 흔들었고, 문밖에서는 낙엽 굴러가는 소리가 여우 발걸음 소리처럼 크게 들렸다. 잠을 못 자고 한참을 떨고 있는데, 어머니가 오셨다. 얼마나 반가웠던지 눈물이 났다. 그런 나를 어머니가 안아주셨다. 그 안도감. 지금도 그 느낌을 느낄 수 있을 정도다.

조금 커서는 해녀 일을 하는 어머니를 따라갔다. 물속에 들어갔다. 바다 위로 나오면 어머니는 숨을 몰아서 쉬었다.

"휘유."

그 소리는 지금까지 잊히지 않는 어머니의 소리이다. 물질을 끝내고 나면 나는 어머니의 등에 업혀 바닷가 언덕 위에 있는 우리 집으로 오곤 하였다. 놀다 지친 나는 어머니의 등에 업혀 잠들곤 하였다. 행복한 유년의 기억이다.

어머니와 떨어지기 싫어서 가는 곳이면 어디든지 따라가려 했다. 언제가 어머니는 울산 시내에서 자취하는 큰형에게 반찬거리를 챙겨서 가려 했는데, 나를 데리고 가기가 힘들었다. 그래서 제전에 사는 외가에 나를 맡겼다. 어머니와 떨어진 나는 세상을 막아주는 방패를 잃어버린 상실감으로 두려움에 울었다. 외삼촌은 나를 달래려 하였지만 내 울음은 그치질 않았다. 하다 하다 안 되니 근처 개울가로 나를 데려가서 물에 넣는 시늉을 하였다. 극도의 불안감이 닥쳐 울음을 그쳤다. 그 후 난 어머니와 더욱 떨어지지 않으려 했다.

그 일이 있었던지 얼마 후 다시 엄마가 울산으로 큰형에게 가려 했던 때가 있었다. 큰비가 온 후라 길이 끊겨 버스가 다니지 않게 되자 어머니는 또다시 떼어놓고 가려 했다. 하지만 절대 포기하지 않았다. 어머니는 나를 빗자루로

때렸지만, 울음을 그치지 않고 발악을 하였다. 빗자루 대가 부러지고 나서야 어머니를 따라갈 수 있었다. 어머니는 무거운 짐을 머리에 이고 나를 업고 울산까지 걸어야 했다. 가다가 어머니 등에 내려서 걷기도 하였지만 우가포에서 울산까지 짐을 이고 나를 업고 걸어야 했던 어머니의 마음을 알 수 있는 나이가 아니었다.

어머니의 고생과는 달리 여섯 살까지 우가포에 살았던 바닷가 유년시절이 너무 행복했다. 고기잡이배가 정박하던 포구. 그 모든 것이 나에겐 아련한 행복의 추억이었다. 그래서 나이가 들면 우가포에 돌아가서 살아야겠다는 생각을 하곤 했다. 그리고 지금은 나이가 들었다. 어머니를 모시고 사는 지금은 우가포로 가서 살 수 없다. 나와는 극 반대로 어머니에게는 진절머리 치는 고통의 기억밖에 없기 때문이다. 어머니의 말 한마디.

"내 부지런한 것은 엿장수도 안다."

치매에 걸려도 자식만을 생각하는 어머니
분가하여 살 때 적은 글이다

"복산동 아지매 아들 맞는교?"

아침에 회의하고 있는데 전화벨이 울렸다. 어머니 집 2층에 세 들어 사는 아줌마였다. 어머니는 구 역전시장에서 콩나물 장사를 하신다. 그 아줌마는 어머니 옆에서 채소를 팔고 있다.

"엄마가 아무래도 이상합니다. 병원에 한 번 데려가 보세요."

'아닌 밤중에 홍두깨도 유분수지 이게 무슨 말인가.'

"그게 무슨 말입니까?"

"시간 나면 시장에 한번 와보세요. 이야기 좀 해야겠습니다."

순간 어머니에게 무슨 일이 생겼을지도 모른다는 불안한 생각이 스쳤다.

"예, 알겠습니다."

회의를 마치고 바로 복산동 어머니 집으로 향했다. 가는 동안 차 안에서 눈물이 났다. '어머니가 잘못되면 어떻게 하나. 이 나이 먹도록 제대로 된 효도 한 번 못 했는데, 아 정말 아무 이상이 없어야 할 텐데.' 시장에 갔으나 어머니는 보이지 않았다. 순간 나를 아는 시장 아줌마들이 몇 명 내 주위로 몰려들었다.

"엄마가 아무래도 이상함더. 채소 아지매를 묵 아지매라 안 하나. 한 열흘 전부터 말을 이상하게 함더. 아무래도 병원에 한 번 데려가 봐야겠심더."

"예, 알겠습니다."

아줌마들을 뒤로한 채 집으로 왔다. 집으로 와서 어머니의 상태를 살폈다. 하지만 별다른 이상을 발견할 수 없었다. 그런데

"밥 먹었나? 내 갈치 찌개해줄 게 밥 먹고 가라."

어머니가 점심상을 차려주었다. 난 어머니가 해주는 음식이면 무엇이든 좋아한다. 된장이면 된장찌개, 김치찌개며, 생선구이 등등.

"어, 엄마 아까 갈치 찌개 해준다고 하고 와 가자미 찌갭니까?"

"언제 내가 그랬나, 네가 잘못 들었지."

순간 시장 아줌마들이 한 말이 생각났다. 아무래도 심상치 않다는 생각이 들었다. 점심을 먹고 큰형님에게 전화했다.

"형님, 시간 좀 있습니까?"

그래, 이리로 와라."

전화하고 어머니에게

"엄마, 나 갑니다."

"응, 그래. 니 용돈 있나?"

어머니는 항상 나에게 용돈을 주신다. 어떤 때는 5천 원, 어떤 때는 2천 원. 주머니에서 돈이 잡히는 데로 돈을 주신다. 안 받는다고 해도 어머니는 막무가내다.

"있다."

하지만 어머니는 내 손에 돈 2천 원을 기어이 쥐여 주시고 감자를 한 봉지 주셨다.

"이거 가지고 가서 삶아 먹어라."

"알겠다. 엄마 잘 계세요."

집을 나와 형수가 운영하는 학원으로 향하는 차 안에서 또 한 번 눈물이 나왔다. '그렇게 건강하시던 엄마가 이제 치매에 걸렸구나. 어떡하지? 아 정말 어떡하지?'

형수 학원에 와서 형님과 형수를 만났다.

"형님, 아무래도 엄마가 이상한 것 같습니다."

놀랄 줄 알았던 형님이 도리어

"니도 그렇게 느꼈나? 나도 며칠 전에 집에 갔었는데 어머니가 아무래도 이상한 것 같더라. 니 전화를 받았을 때, 그것 때문이라고 생각했다. 너를 보고 채륜(조카)이라고 하기도 하고 성도(조카)라고도 하더라. 아무래도 치매 초기인 것 같다. 언어에 먼저 장애가 온 것 같으니까 병원에 모시고 가보자."

형님의 말을 들으니 어머니의 병이 치매라는 걸 거의 확신하게 되었다.

"그런데 엄마가 병원에 가려고 하겠습니까?"

"치매라고 하면 안 가실 테니 건강검진 받는다고 하고 모시고 가야지. 둘째에게 가서 한번 이야기해 보고 나한테 전화해라."

"예, 알겠습니다."

그 길로 작은 형님을 찾아갔다. 작은 형님은 소문난 효자이다. 현대자동차에 다니면서 항상 아침, 저녁으로 어머니를 찾아 인사를 한다. 아버지가 살아계실 때 스킨, 로션을 사면 항상 두 가지 중의 하나는 아버지에게 갖다 드릴 정도로

친척 중에 효자로 소문이 나 있다.

"형, 엄마가 아무래도 이상한 것 같다."

시장 아줌마가 한 이야기, 내가 겪은 이야기 그리고 큰형이 한 이야기를 들려주었다.

"나는 이상한 것 못 느꼈는데. 집에 한번 가보자."

작은형과 나는 다시 어머니를 찾아갔다.

"엄마, 병원에 함 가보자. 요즘 엄마 얼굴이 안 좋아 보인다."

"와 내가 병원 가노. 난 아무 이상 없데이."

"병원에는 꼭 이상이 있어야 가는 게 아이다. 병이 생기기 전에 예방하러 가는 거지."

"난, 안 간다."

작은형과 내가 아무리 사정해도 어머니는 막무가내였고 작은형과 나는 돌아 나올 수밖에 없었다.

그리고 며칠이 지났다. 작은형에게서 전화가 왔다.

"오늘 엄마 병원에 모시고 가기로 했다."

"응 알았어. 나도 병원에 갈게."

병원에 온 어머니의 모습은 무척 초췌해 보였다. 여러 가지 검사를 하고 MRI를 찍었다. 그런 후 의사와 면담을 했다. 의사는 MRI 사진을 보여주며

"어머니에게 급성 치매가 왔습니다. 급성으로 치매가 오면 뇌 사진에 하얀 부분이 보입니다. 여기 이 부분입니다."

의사가 지적하는 사진을 보니 동전보다 적게 하얀 부분이 있었다.

"이 부분이 핏줄이 엉킨 부분입니다. 혈압으로 치매가 온 것 같습니다. 치매는 원인이 밝혀진 게 한 70가지 정도 됩니다. 그중에 완치는 안 되지만 치료를

하면 악화의 속도를 지연시킬 수 있는 것이 한 20가지 정도 되는데, 어머니의 경우 완치되기는 어렵지만, 치료를 하면 더 악화하지는 않을 겁니다."

그 말을 듣는 순간 불행 중 다행이라는 생각이 들었다.

"한 2주 정도 입원해 치료를 받도록 해야겠습니다."

"예 알겠습니다."

그렇게 해서 어머니가 병원에 입원하셨다. 입원하는 동안 매일 찾아가서 안부를 살폈다. 처음 입원할 때는 혈압이 170이었고 당뇨도 있었다. 하지만 점차 혈압도 정상으로 내려갔고 당뇨 수치도 거의 정상을 회복했다.

입원 중에 눈물이 나는 일이 있었다.

"니 돈 있나. 내가 니 용돈을 줘야 하는데."

그러면서 환자복 주머니에서 돈 2천 원을 꺼내었다. 정신이 오락가락하는 상황에서도 어머니는 내 걱정을 했다.

"엄마, 됐다. 내 돈 있다."

"그래도 받아라."

언제나 어머니는 나에게 뭐든 못 주어서 안달이셨다. 그 돈을 받아 넣으면서 정말 울고 싶었다. 언제나 받기만 하는 내가 너무 못나게 느껴졌다. 이 나이 되도록 제대로 된 효도 한번 못 하고. '이런 어머니가 돌아가시면 난 어떻게 할까.' 아무래도 평생 한으로 남을 거란 생각이 들었다.

'엄마 건강하세요. 앞으로라도 엄마에게 잘 할게요.'

손수레를 타신 어머니

분가해서 살 때 적은 글

아직껏 나에겐 어머니가 아니라 엄마다. 어머니란 말보다 엄마란 말이 더 익숙하다. 엄마에겐 여전히 난 막내아들일 뿐이다. 결혼하기 전이나 결혼한 후나 엄마 속을 많이 애를 많이 먹였다. 일일이 헤아릴 수 없을 만큼. 지금도 효도해야지 하는 마음을 먹고 있지만, 생각처럼 잘 안 된다. 나중에 얼마나 후회를 하게 될지, 지금 생각해도 아득하다. 엄마는 언제나 내 걱정이다.

"나야 아무려면 어떻노. 네가 잘 살면 되지. 내가 영이 니 잘 사는 것 보고 죽어야 할 텐데."

라는 말을 입에 달고 사신다.

"엄마, 난 괜찮아. 잘살고 있으니까 걱정하지 마."

이렇게 이야기를 해도 항상 엄마는 내 걱정뿐이다. 엄마는 아직 장사하신다. 매일매일 집에서 콩나물을 길러 시장에 팔러 가신다. 그리고 울산 근교 시골 장에 가서 곡식을 사서 울산 장에다 내어 파신다. 작년에 치매가 오고 혈압이 올라가고 당뇨도 생겼는데, 장사를 손에서 놓으실 줄 모른다. 일주일에 한 번 찾아뵙는 것도 어려운 나는 한 번씩 엄마를 볼 때마다 기력이 많이 쇠하여져 가는 것을 본다. 가슴이 아프다. 그렇다고 장사를 그만두게 할 수도 없다. 장사 안 하셔도 아들 3형제가 조금씩만 내면 살아갈 수 있을 거라고 생각은 하지만, 엄마가 장사하시는 것은 꼭 돈만이 아닌 줄 알기에 말리지 않는다. 다른 사람들은 이런 자식들을 욕을 할지 모르겠지만, 시장에 가서 옆에 있는 아주머니와 수다도 떨고 돈도 버는 것이 집에 그냥 있는 것보다 나을 거란 생각에 아들들은 적극적으로 장사를 말리지 않는다. 내가 일곱 살 때부터 그 장사를 해오셨으니 햇수로는 거의 50년이 다 되어간다. 그렇게 번 돈으로 자식들 대학 보내고 장가보내고 하셨다. 그 고생이야 어찌 말로 다 할 수 있으랴.

어제는 일요일이라 엄마 집에 갔다. 여전히 엄마는 우리를 반갑게 맞이하여 주셨다.

"아이고, 우리 영이 왔나."

"응, 엄마 별일 없지요, 몸은 좀 어때요?"

"괜찮다. 당뇨 수치도 많이 내려갔다."

"요즘 병원은 잘 다녀요? 약은 안 빼먹고 잘 먹지요?"

"그래, 한 달에 한 번씩 병원에 가고 약 타 먹는다."

항상 엄마와 나의 대화는 이렇게 시작된다. 그런데 엄마가 걱정한다.

"아까 양남장에 갔다가 버스에서 짐을 내렸는데, 택시를 잡아도 안 잡혀서 옆에 있는 고물상에서 손수레를 빌려서 짐을 싣고 왔다. 그런데 갖다 주려니까 내가 힘이 없어가."

"어디에 갖다 주면 되는데, 내가 갖다 줄게."

엄마가 어디 어디라고 설명을 해주는데, 도통 위치를 알 수가 없었다.

"엄마, 손수레 타라 내가 엄마 태워서 가면 안 되나."

"그래, 줄래?"

이렇게 해서 엄마를 손수레에 태우고 동네를 가로질러 500미터쯤 떨어진 고물상까지 갔다. 양복을 입고 노인을 손수레에 태우고 가는 모습에 사람들은 이상한 눈초리로 쳐다보았다. 그런 시선에 개의치 않고 엄마를 태우고 갔는데, 이런 생각이 들었다. '살아계시는 것만 해도 어디고.' 손수레를 돌려주고 엄마 팔짱을 끼고 걸어왔다. 엄마는 조금 걷다가 힘이 들어 쉬고 또 걷고 하셨다. 그런 모습이 너무 가슴 아팠다. '정말 정말 오래 오래 사셔서 막내 영이가 잘 되는 것을 보셔야 할 텐데.' 보이지 않는 눈물이 가슴에서 흘러내렸다.

어머니와 콩나물

어머니가 병원에서 퇴원하셨다. 넘어져서 일주일 정도 입원하셨는데 생각보다 빨리 퇴원해서 다행이다. 어머니는 병원에 입원하는 걸 몹시 싫어한다. 돈이 든다는 생각도 있지만, 그보다는 키우고 있는 콩나물을 팔지 못해서다. 제때 콩나물을 팔지 않으면 버리게 되기 때문에 얼마 전 대상포진이 걸려서도 입원을 하지 않았다.

"너그는 다 키워놨기 때문에 괜찮지만, 콩나물은 팔지 않으면 다 썩게 된다. 콩나물이 어예 될까 싶어서 내가 애가 씌어서 안 되겠다."

병원에서 퇴원하면서 한 말이다. 이제 쉬어도 되는데, 아니 진작부터 쉬어야 하는데 죽을 때까지 콩나물을 팔기로 작정을 한 것 같다. 그 때문에 자식인 우리가 다른 사람들로부터 나이 든 노인을 일을 시킨다는 욕을 들어먹기도 한다. 나는 일을 말리는 것보다는 도와주는 것을 선택했다. 어머니가 좋아하고 집에서 쉬는 것보다는 몸을 움직이는 게 건강에도 좋을 것 같아, 기꺼이 5시에 일어나 콩나물을 구역전시장까지 가져간다. 아니, 말린 적이 있어도 엄마는 절대로 듣질 않는다. 그 고집을 누가 꺾을 수 있으랴.

이번에도 작은 형수님이 1차로 병원 입원을 시키려다 병원 로비에서 엄마에게 욕만 먹고 집으로 돌아왔다. 그것도 119를 불러 병원엘 갔었는데……. 다음 날 집에서 너무 통증이 심해 아내가 보다 보다 안 되겠다 싶어 또 병원엘 모시고 갔다. 병원에 가니 갈비뼈 두 개가 금이 갔다고 한다. 그래도 콩나물 때문에 입원 안 하시겠다는 걸, 콩나물은 나와 아내가 책임지고 판다고 약속에 약속을 거듭하고 나서야 입원을 했다. 콩나물을 아는 사람에게도 팔고, 아내가 시장에 가져가서 팔기도 했다. 6동이를 다 팔았다.

"엄마, 콩나물 다 팔았다."

"어예 팔았노 그 많은 것을."

"성원이 엄마랑 나랑 아는 사람에게 팔았지."

"수고했다."

그제야 어머니는 안심하였다. 우리 어머니 임두남 여사의 콩나물 사랑은 자식 사랑만큼 대단하다. 그만큼 정신력도 뛰어나다.

"내가 너만 아니면 콩나물 장사 안 해도 되는데."

콩나물 장사를 그만하라는 말을 할 때마다 어머니가 내게 하는 말이다. 변변한 벌이가 없는 나 대신 어머니는 돈을 번다고 생각하는 거다. 그 소리를 들을 때마다 죄송한 마음이 앞선다. 어머니는 이렇게 번 돈으로 가끔 손자들 학비도 보태어 준다. 그리고 한 번도 우리에게 손을 벌린 적이 없다. 그 마음 어떻게 다 갚을지. 아들들에게

"할머니의 정신력을 배워라."

라는 말을 가끔 한다. 그것은 나에게도 하는 말이다.

어머니가 반대하시니 어쩔 수 없이 도시에서 살아야겠지만, 어머니가 돌아가시고 난 후에는 바닷가에 가서 살고 싶다. 아내와 이미 합의를 해두었다. 욕심을 버리고 바다와 바람의 이야기를 받아쓰며 바닷가에서 살고 싶다.

노모가 하는 말의 색깔

"그년들 다 죽고 지금 없다."

어머니의 선망의 대상이었던 아주머니가 있었다. 그 아주머니는 얼굴이 아주 예뻤으며 일가친척 중에 가장 부유하게 살았다. 어릴 때 우리 가정 살림은 넉넉한 편이 아니었는데, 그 집에 어머니를 따라가면 집이 아주 깨끗했으며, 당시 귀했던 텔레비전도 있었다.

초등학교 다닐 때는 가정 조사를 했는데, 집에 전화만 있어도 대단한 것이 되었다. 그런데 텔레비전까지 있었으니 어머니와 나의 부러움은 엄청났다. 그런데 한 30년 전에 그 아주머니 아들이 사업에 실패해서 풍비박산이 났고, 생활고에 시달리는 형편이 되었다. 몇 년 전 우리 집에 온 적이 있었는데, 나이가 드셔도 고운 얼굴이었다. 그런데 얼마 전에 그분이 돌아가셨다는 소식을 들었다. 어머니는 그 소식을 듣고 안타까워하면서도 일종의 승리감을 느끼는 것 같았다.

"아무리 깨끗하게 하면 뭐 하노? 내보다 먼저 죽는데."

라는 말을 하는 것을 보면 아무리 가진 것이 많고, 얼굴이 예뻐도 먼저 죽는 것은 당신보다 사는 방식이 옳지 않았다는 것을 의미하는 것으로 받아들이는 것 같았다.

어느 날, 아내가 사 준 옷은 입지도 않고 허름한 옷을 입고 시장에 가시는 시어머니에게 아내가

"어머님, 옷 좀 깨끗한 거로 입고 다니세요. 동네 사람들 며느리 흉봅니다. 깨끗하게 살면 건강에도 좋습니다."

그렇게 말하자 어머니는

"깨끗하게 입고 살던 그년들 지금 다 죽고 없다."

"오래 살겠나?"

"시장에 배 나온 사람들은 일찍 죽더라. 우리 영이도 배 나왔으니 오래 살겠나?" 83kg 나갈 때 어머니가 내게 했던 말이다. 그때 내 배는 개구리처럼 볼록했다. 아직 젊다는 생각이 있었고 몸 관리를 전혀 하지 않았다. 음식도 맵고 짜게 먹었고 운동도 하지 않았다. 매일 저녁 술을 마시던 시기였다.

"어머니는 남의 말 하듯이 하는교." 아내가 답답하다는 듯이 말했다.

우리 집안에는 당뇨가 유전병이다. 큰집 식구들은 모두 당뇨를 가지고 있었고, 사촌 형 두 명은 당뇨로 인한 합병증으로 유명을 달리했다. 그리고 부모님 모두 당뇨가 있었고, 아들 삼 형제 중 두 형이 40대 중반부터 당뇨를 앓았다. 그렇기에 당뇨에 민감할 수밖에 없었고 건강검진 받을 때마다 당뇨에 먼저 관심이 쏠렸다. 하지만 이상하게도 나에겐 당뇨가 생기지 않고 정상이었다.

술을 끊기로 하고 몸 관리를 하였다. 아침, 저녁은 채소를 갈아 마시고 점심한 끼만 먹고 운동을 꾸준히 했으며, 매일 목욕탕에 가서 몸무게 체크를 하였다. 그러자 몸무게가 75kg까지 줄고 배도 많이 들어가 다른 사람들에게 슬림해졌다는 말도 듣게 되었다.

"배 들어갔으이 오래 살겠네."

어머니는 여전히 남의 말 하듯이 한다. 하지만 말을 하는 색깔이 다르다.

"우야능교, 하나님."

아버지는 큰형이 교회 다니는 것을 무척 싫어했다. 이유는 제사 때문이었다. 평생 제사를 지내지 않는 목사인 큰아들을 못마땅하게 여기다 돌아가셨다. 아버지가 살아있을 때 큰형은 온 힘을 다해 부모님을 전도하려 하였지만 결국 하지 못 했다. 그런데 언제부터인가 어머니가 교회에 다니기 시작했다.

어머니가 교통사고가 난 적이 있었는데, 집 근처 개척교회 목사님이 지극 정성으로 어머니를 찾아와 보살피며 전도를 하였고, 어머니가 마음의 문을 열고 교회에 다니게 되었다. 요즈음도 주일이면 빠지지 않고 교회에 나가신다. 독실한 크리스천인 아내와 한 번씩 기도를 한다.

"어머님, 손 주세요. 기도합시더. 따라 하소."

처음에는 이렇게 말하다가 이제는

"어머니 기도 손."

이렇게 바뀌었고, 그러면 자동으로 두 손을 아내에게 내민다. 그러면 아내는 어머니 두 손을 잡고 소리 내어 기도한다.

"어머니 따라 하소. 하나님 아버지, 우리 성원이 아빠 잘 되게 해주세요."

"어야능교 하나님 우리 영이 잘 되게 해주이소."

아내의 기도 말을 어머니의 버전으로 바꾸어 말한다.

"성원이 아빠가 잘못한 일이 많지만 새롭게 시작하는 일이 잘 되게 해주세요."

"어야든동 영이가 복장 터지게 해도 복 마이 주이소."

듣고 있으면 마음에 미소가 자연스럽게 그려진다.

"니 헤프더라."

같은 일을 가지고도 어머니와 며느리인 아내의 시각은 너무도 다르다. 한 번씩 티격태격하는 것을 보면 답답하기도 하고 재미있기도 하다.

먹고 남은 음식물을 버리는 것을 보고

"어머니는 먹을 수 있는 음식을 왜 버리노? 니는 너무 헤프다."

그에 응수한 아내의 대답

"어머니, 여름철에 상한 음식 먹으면 배탈 납니다."

가장 자주 부딪히는 문제는 아내가 어머니의 옷을 빨 때이다. 평생 검소한 생활이 몸에 밴 어머니는

"니는 너무 헤퍼, 그냥 입어도 되는 것을 와 세탁기 돌려 물을 낭비하노."

"어머니, 아낄 때 아껴야지. 깨끗하게 입고 사는 것이 와 나쁜가요!"

어느 여름철이었다. 날씨가 더워 아내가 에어컨을 틀었다.

"니는 전기세는 걱정도 안 하고 에어컨 트나. 헤퍼서 참 큰일이다."

"어머니, 에어컨은 여름 한 철 시원하게 보내라고 있는 겁니다."

아내가 낡고 입을 수 없는 옷을 버리러 가다 어머니에게 들켰다.

"니는 참 헤프다. 떨어지지도 않은 옷을 왜 버리노?"

"깨끗하게 옷을 입고 낡은 옷은 버리고 새로 사는 것이 좋습니다."

며느리가 하는 행동은 사사건건 헤픈 행위로 보는 시어머니와 지지 않고 응수하는 아내가 매일 부딪히지만 더 이상 싸움으로 발전하지는 않는다. 두 사람 모두 잘 살자고 하는 것이며, 그것이 삶의 재미임을 아는 까닭이다.

어머니 장터, 구 역전 새벽시장

어머니가 매일 새벽 콩나물 팔러 나가는 시장이 구 역전시장이다. 울산역(현재 태화강역)이 삼산동으로 이전하기 전에 이 시장이 역 근처에 있었기 때문에 역전시장으로 불렸다. 그러다 역이 이전하면서 앞에 구가 붙어 구 역전시장이 되었다.

어머니는 막내인 내가 초등학교 들어갈 때부터 장사하였다. 농촌으로 다니면서 곡식과 고구마 등을 사서 이곳에 내다 팔았다. 그러다 내가 대학갈 무렵부터 농촌 장으로 다니는 것을 줄이고 콩나물 장사를 시작했고 지금까지 이어가고 있다. 이 시장은 어머니의 삶이 고스란히 묻어있는 장소인 셈이다.

이제는 근력이 달려서 혼자서 시장에 콩나물을 가지고 가는 것을 힘들어한다. 더욱이 요즈음은 한 겨울철이라 콩나물과 어머니를 차에 태워 온다. 새벽 5시가 넘으면 어김없이 시장에 오는 것이 이젠 일상이 되었다. 특히 겨울철이라 양철통에 불을 피워야 하기 때문에 어머니 혼자 그런 일들을 감당하기가 어려워 함께 하루를 시작한다.

어머니의 콩나물 맛은 특별하다. 그 때문에 음식점에서 반찬으로 나오는 콩나물은 입에 맞지 않다. 명절이 되면 어머니 앞에 긴 줄을 설 정도로 어머니 표 콩나물은 인기가 좋다. 아침마다 어머니의 콩나물을 장에 내려주고는 근처에 있는 길다방에 가서 커피를 한 잔 마신다. 아침에 마시는 커피는 어느 커피보다 맛있다. 그곳에 가면 매일 보는 얼굴들을 대한다. 하루 일을 그곳에서 시작하는 막노동꾼이나, 장사하는 아저씨들이 자리를 꿰차고 앉아있다. 말 그대로 삶이 묻어나는 시장 길다방이다. 오늘 아침 조금 늦게 나가니 다른 아저씨들은 자리를 뜨고 없었고 한 할아버지가 앉아 커피를 마시고 있었다.

"새벽에 잠도 안 오고, 그 사람만 생각나고."

80은 넘어 보이는 할아버지였다. 할아버지는 새벽에 잠을 깨었는데 옆이 허전했다고 한다. 평생 옆에 있었던 할머니가 최근에 저세상으로 떠났다는 것이다. 이불 속을 뒤척이다 도저히 잠을 이룰 수 없어 평소 할머니가 장사했던 시장으로 나와 그 허전함을 시장 커피로 달래고 계신 것이다. '남은 자의 쓸쓸함이 저런 것일까.'라는 생각이 들었다. '우리 부부도 언젠가는 헤어지리라. 내가 먼저든 아내가 먼저든 다시 올 수 없는 곳으로 떠나겠지.' 이런 생각이 찬바람과 함께 머리를 스치자 쓸쓸해졌다. 그런 생각을 하고 있는데 단골 아저씨 한 분이 오셨다.

"새가 낳은 알이 이만큼 많심더."

단골 아저씨가 무엇인가가 담긴 까만 비닐봉지를 길다방 여주인에게 주고 간다.

"계란인교?"

하면서 봉지를 본 주인.

"새알은 맞네. 하하."

동지라고 새알을 준 것이다.

한 잔에 500원 시장 커피. 커피믹스나, 아니면 크림 없는 커피가 대부분이지만 새벽 찬 바람을 맞으며 나오는 시장 사람들의 코끝을 따뜻하게 만든다.

근력이 약한 어머니가 장사가 더 할 수 있는 날은 얼마 남지 않았으리라. 그리고 어머니를 따라 시장에 나와 커피를 마시는 것도 추억으로 남게 되겠지. 세월은 흐르고 그것을 잡을 사람은 아무도 없으니. 하지만 그 커피 맛은 어머니와의 추억과 함께 혀끝에 오래도록 남아 있으리라.

88세 노모가 건네는
용돈 6천 원을 받았습니다

　요즘처럼 추운 날이면 이불에서 나오기 싫어 한참을 뒤척이다 일어난다. 최근까지는 오토바이에다 콩나물시루를 싣고 시장까지 날라다 주었다. 자동차가 시장 안으로 들어가기가 불편해서이다. 그리고 어머니는 빈 수레를 의지하여 시장까지 걸어가시고, 또 다 판 빈 콩나물시루를 싣고 집으로 돌아오신다. 그런데 날씨가 추워져 감기라도 걸릴까 싶어 요즘은 오토바이 대신에 자동차에 콩나물시루와 수레를 싣고 어머니를 차에 태워 시장까지 간다. 그리고는 시장 입구에서 어머니의 좌판까지 수레에다 콩나물시루를 실어 나른다.

　오늘 아침도 다른 날처럼 어머니가 나에게 6천 원을 주신다.

　"니 돈 없제, 이거로 담배도 사고 커피도 사마셔라."

　"아이다, 엄마 돈 있다. 안 받아도 된다."

　"내가 돈 벌어 뭐 하겠노? 니 주는 재미로 장사하는 건데."

"엄마, 고맙습니다."

하며 돈을 받는다. 그러면 어머니의 얼굴이 금세 환해진다. 추위에 떨면서 어렵게 장사를 해서서 번 돈을 아들에게 쥐어주는 어머니의 마음은 나도 아이들을 키우면서 알게 된 마음이다. 이런 생활을 얼마나 더 할 수 있을까를 생각하면 조금은 우울해지기도 한다. 어머니 연세가 88살. 이제껏 살아 계시기만 해도 다행인 연세다. 그런데 장사까지 할 정도로 건강하시니 참으로 감사하다.

우리 집은 2층 주택이다. 어머니는 일 층에, 우리 부부는 이 층에 산다. 어머니를 모시고 살아도 같은 공간이 아니니 고부간의 갈등은 거의 없다. 간혹 아내와 어머니가 티격태격할 경우가 있는데, 그 원인은 어머니가 집안을 지저분하게 해 놓으실 때이다. 아내는 깔끔한 편이라 지저분한 것을 보지 못 하는 성격으로 청소라도 하려고 하면, 어머니는 당신께서 해놓으신 것을 옮기면 불편하다면서 못하게 한다. 그러면 작은 실랑이가 벌어진다. 만약 같은 공간에 살았다면 이 문제가 서로에게 스트레스가 되었을 거다. 하지만 거주하는 공간이 다르고 아내도 일하느라 바쁘기 때문에 그런 소란은 자주 일어나지는 않는다.

오늘 아침 콩나물시루를 시장까지 가져다주고 집으로 돌아오니 작은형이 와 있다. 근처 아파트에 사는 작은형은 회사에 출근할 때마다 집으로 와서 어머니의 얼굴을 보고 간단한 이야기를 나눈 후 회사로 향한다. 그리고 오늘처럼 휴일인 날은 어머니가 거주하시는 일 층을 간단하게 청소를 한다. 작은형은 절대 어머니가 싫어하시는 청소는 하지 않는다. 옷가지를 걸고 설거지를 한 후 바닥을 한 번 쓱 빗자루로 쓸어 담을 뿐이다. 그것을 우리끼리는 "복산동 스타일"이라고 말한다. 대충한다는 의미이다.

언젠가 작은형은 나에게 이사를 하게 되면 텃밭이 있는 주택으로 갔으면 좋겠다며 내 생각을 물었다. 지금 사는 집에는 텃밭이 있고 어머니와 나는 그 텃밭에 계절마다 여러 종류의 채소를 심는다. 상추와 방울토마토, 가지, 겨울초, 양파 등등. 형은 어머니가 텃밭 가꾸기를 좋아하시기 때문에 이사를 하여서 장사는 못 하시더라도, 소일거리는 계속 있었으면 좋겠다고 했다. 그런 생각은 형이 말하기 전에 이미 내가 생각하고 있는 터였으므로, 그러겠노라고 말하니 형은 안심하는 눈치였다.

어머니는 젊었을 때 고생을 많이 하신 분이다. 그리고 아버지를 먼저 보내고 혼자되신 지도 벌써 20년이 다 되었다. 한 번씩 어머니와 이런 이야기를 나눈다.

"엄마가 오래 살았으면 좋겠다."

"뭐 하러, 지금도 마이 살았다."

"요즈음은 백 살까지 사는 게 유행이라 카더라."

"그때까지 살아가 뭐 하노?"

"그래도 엄마가 오래 사는 기, 나한텐 복이다."

"그래, 오래 사꾸마."

또는

"엄마는 참 행복한 사람이다."

"뭐가?"

"다른 사람들은 자식들 앞세우는 사람도 많은데, 엄마는 아들 3형제가 다 잘 살고 있다 아이가."

"그래, 그건 맞다."

나도 어머니처럼 그렇게 늙어갔으면 좋겠다는 생각을 하곤 한다. 돈은 그렇게 많지 않을지언정 자식들 앞세우지 않고 서로 아껴주면서. 이런 게 행복이다.

마치는 글

오랫동안 글을 쓰며 살았다. 그렇기에 글쓰기는 몸의 일부분이 되었다. 아플 때는 살점을 뜯어내는 고통으로 글을 썼으며, 기쁠 때는 얼굴에 그려진 웃음으로 글을 썼다. 그처럼 가족도 내 몸의 일부이다. 가족이 아프면 내 몸이 아팠고, 가족이 즐거우면 내 가슴이 뛰었다. 가족과 글은 내 몸의 일부이고 떼려야 뗄 수 없다. 이 책은 그런 소중한 가족과 살아가는 일상을 글로 적었다는 데 의미가 있다.

몇 년이 지나면 아들 둘도 결혼하여 자신의 삶을 살아갈 것이다. 그때까지 할 수 있는 사랑은 다 할 생각이다. 사랑은 감정의 영역이지만, 그 감정의 영역에도 지혜가 필요하다. 아이들이 안정되고 자존감이 더욱더 클 수 있도록 계획을 세워 사랑해야겠다는 생각을 한다. 그리고 결혼을 하여 짝이 생긴다면 그 짝에게도 많은 보살핌과 배려를 할 것이다. 부모의 사랑은 퍼내어도 퍼내어도 마르지 않는 화수분과 같다. 그것은 자식을 위하는 길이기도 하지만 부모 자신을 위하는 길이기도 하다.

　그랬다. 돈을 벌기 위해 이리저리 날뛰었지만, 돈은 벌어지지 않았고 낙심하여 술을 마셨기에 알코올 중독자가 되었다. 절망의 끝에서 다시 가족을 생각했고 돈보다 더 소중한 것이 가족이라는 생각을 했다. 이미 지나간 일이야 할 수 없지만 앞으로 남은 시간이라도 가족을 위해 이제껏 못다 한 사랑을 다 하기로 했다. 생활하는데, 돈은 필요하다. 하지만 사랑은 마음의 일이라 돈이 없어도 가능하다. 이제껏 돈이 있어야 행복하다는 내 생각을 버리기로 했다. 가족을 사랑하고 가족이 행복하다면 그것은 돈으로 환산할 수 없는 성공이라는 생각을 하였다.

　이 글을 쓰며 가족의 소중함을 다시 느끼게 되었다. 가족이 행복해야 성공한 인생이며, 가족이 자존심이 되고 가족이 힘이 된다. 가족에서 태어나서 가족으로 살다가 가족으로 죽고 싶다. 요즈음 가족의 해체가 심각한 수준이다. 그것은 가족이 뿌리가 되지 못하기 때문이다. 가족이라는 중요한 의미를 망각하고 다른 욕심에 눈이 팔린 까닭이다. 나도 그랬다. 돈에 욕심을 부리고 술에 정신을 팔다 보니 가족은 뒷전이고, 그러다 보니 가족 해체 직전까지 갔다. 그때서야 느끼게 되었다. 왜 사는지를, 무엇이 중요한지를. 가족의 해체는 곧 내 정신의 살점이 떨어져 나가는 것이라 느꼈고, 모든 절망을 극복할 수 있는 것은 가족이 답이라는 아주 단순한 답을 얻었다.

　하지만 아직도 과거의 나와 같은 사람이 아주 많다. 경제적으로 힘이 들고 가치관의 혼란으로 허덕이는 많은 사람이 있다. 그때일수록 가족에서 출발해야 한다. 왜냐하면 가족이 힘이기 때문이다. 가족이 기둥이 됨을 잊지 않는다면, 어떤 절망에서도 다시 일어설 수 있다. 나도 조금만 더 그런 상태를 지속했다면 우리 가족이 지금까지 해체되지 않고 남아있을지 자신할 수 없다. 모든 일에는 때가 있다. 그때를 놓치면 돌이킬 수 없게 된다. 성공의 진정한 의미를 깨닫고 가족을 돌아보기 바란다.

가족을 돌아보는 것은 누구나 할 수 있는 일이다. 거창한 것이 아니라 아주 작은 소소한 일에서부터 출발하면 된다. 이 책에는 위대한 업적을 찾아볼 수 없다. 누구나 겪는 일상적인 이야기를 묶었기 때문이다. 행복의 씨앗은 작으며, 일상적인 작은 것이 모이고 쌓일 때 꽃이 피고 열매가 맺는다.

다시 한번 이 글을 읽는 독자에게 말하고 싶다. 돈을 많이 버는 것이 성공이 아니라, 가족이 행복한 것이 성공이다. 그렇기에

"가족이 성공이다."